■アメリカ陸軍 MH-60M "ブラックホーク"

全長　19.76m（回転翼含む）
全幅　16.36m（回転翼含む）
全高　5.13m
空虚重量　6,190kg
最大離陸重量　9,927kg
乗員数　4名
最大速度　287km/h (155kno

アメリカ陥落６
戦場の霧

大石英司

Eiji Oishi

C★NOVELS

口絵・挿画　安田忠幸
地図　平面惑星

目次

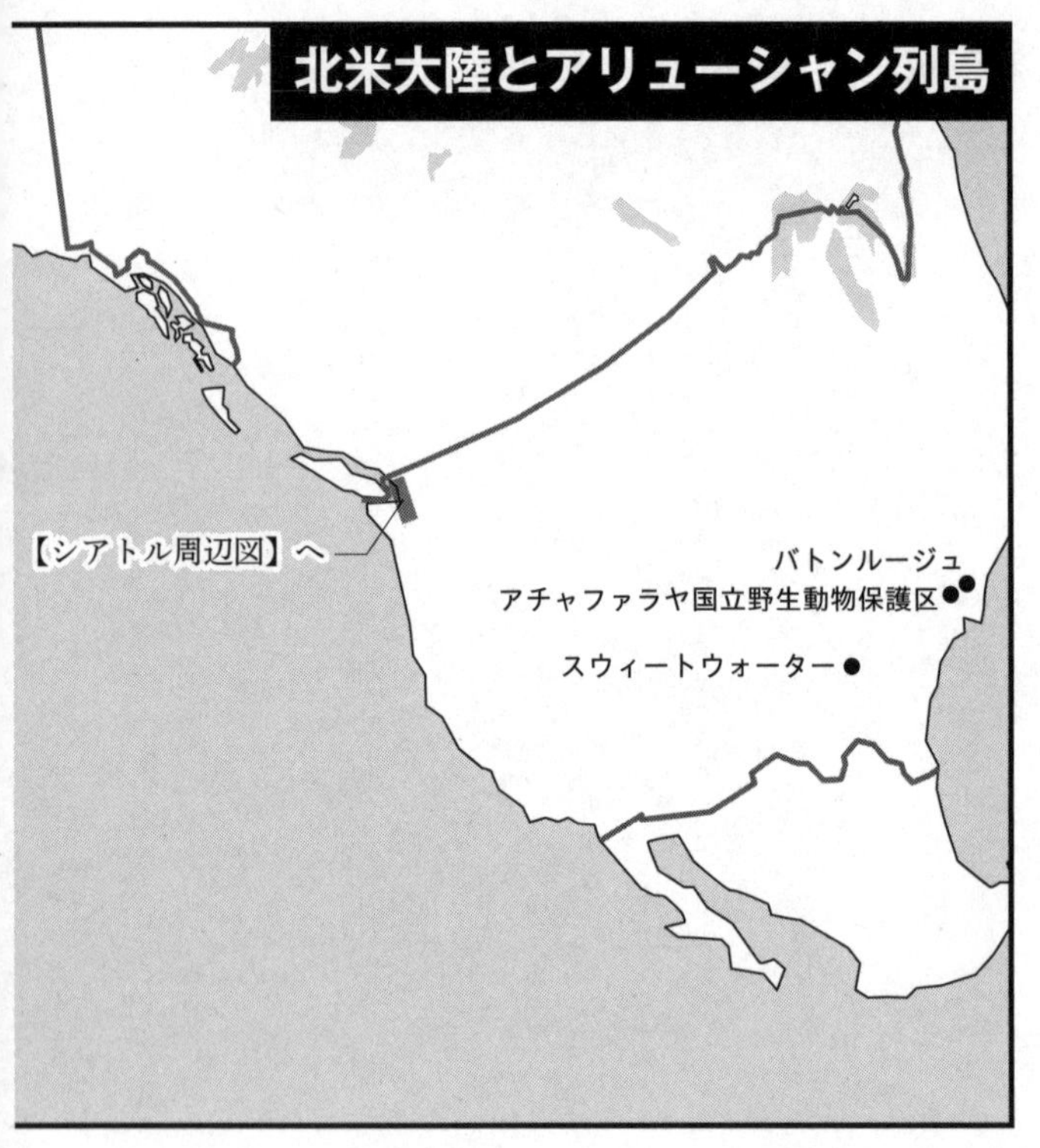
北米大陸とアリューシャン列島
【シアトル周辺図】へ
バトンルージュ
アチャファラヤ国立野生動物保護区
スウィートウォーター

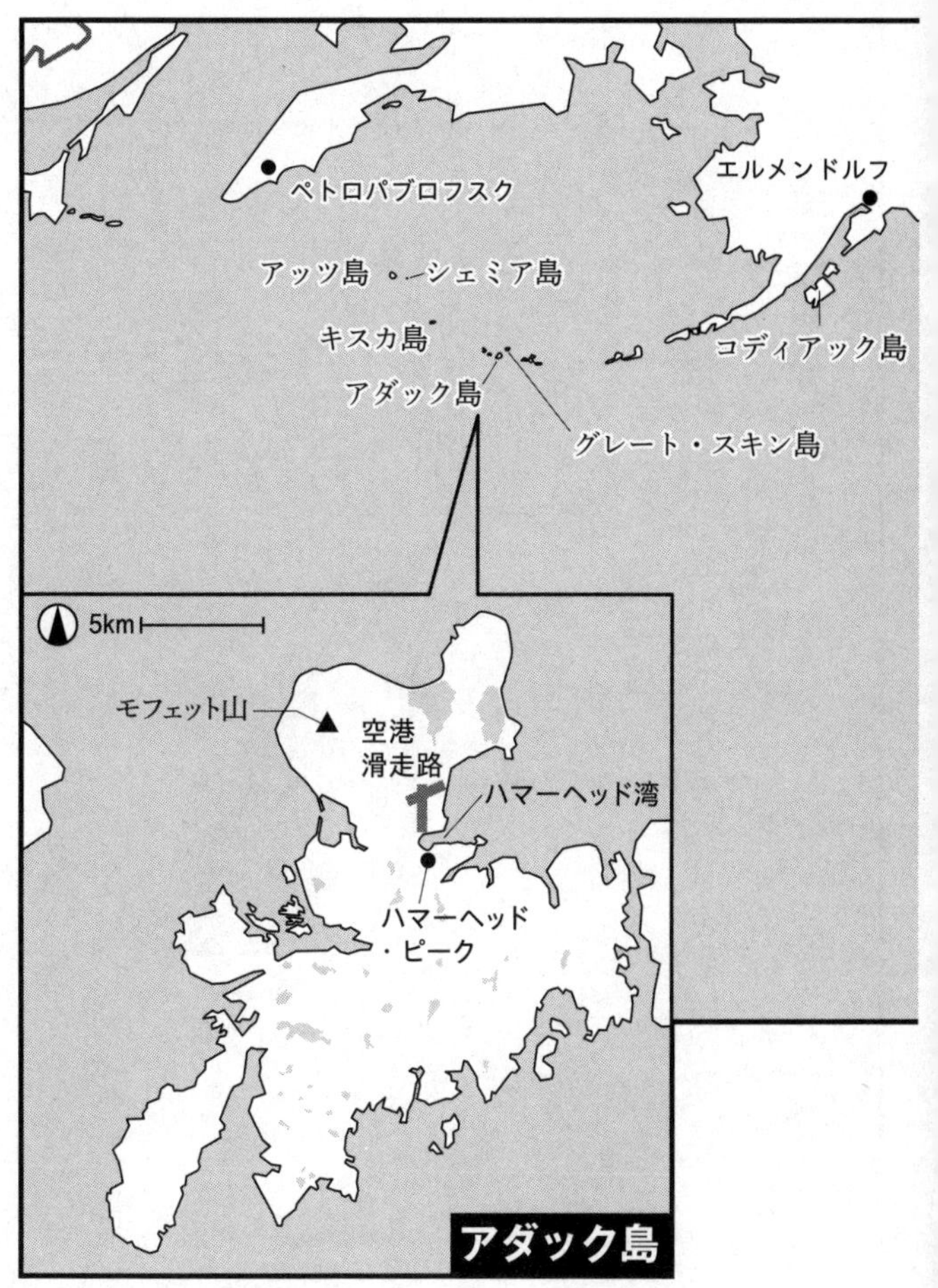
ペトロパブロフスク
エルメンドルフ
アッツ島
シェミア島
キスカ島
アダック島
グレート・スキン島
コディアック島
5km
モフェット山
空港
滑走路
ハマーヘッド湾
ハマーヘッド
・ピーク
アダック島

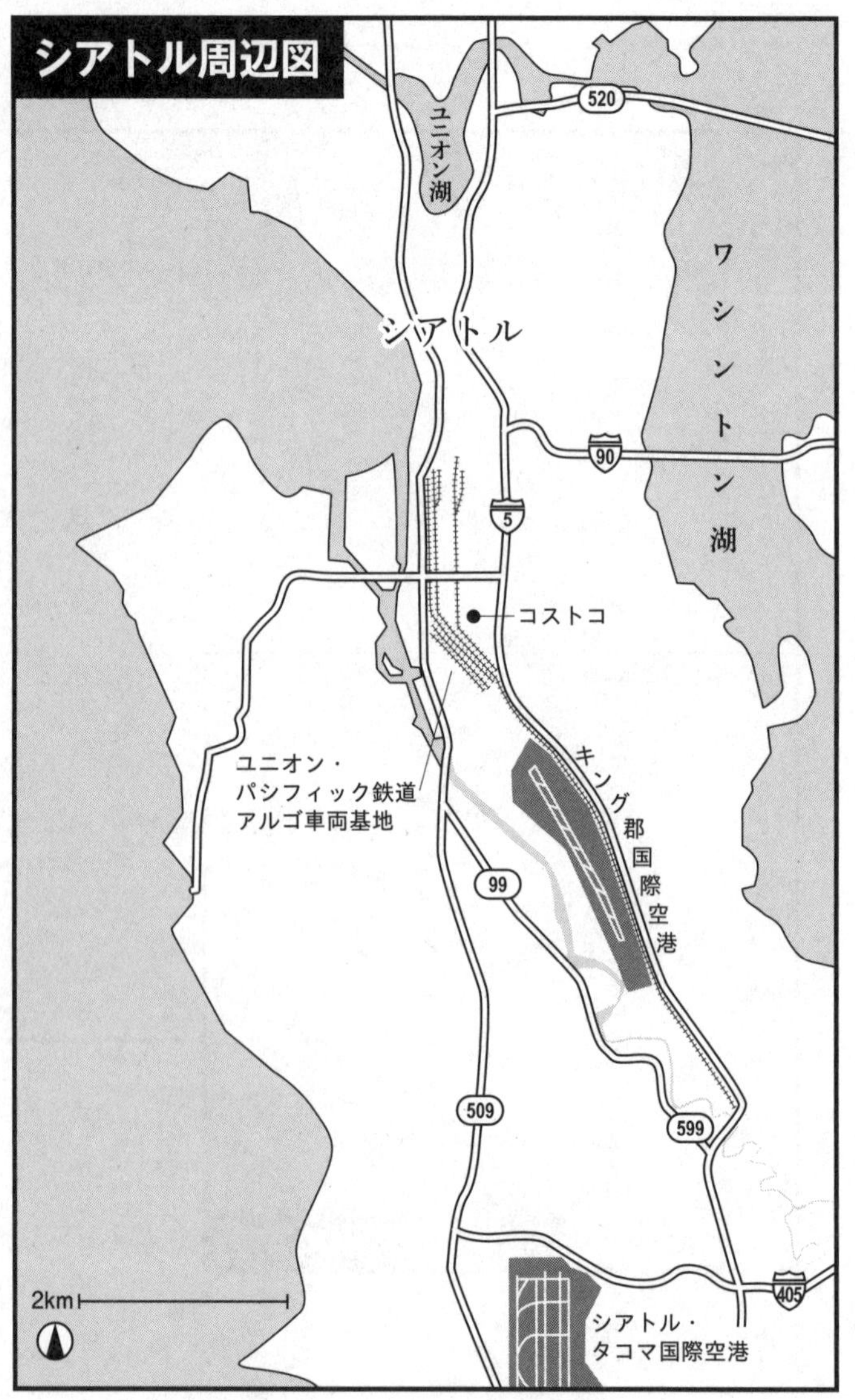

シアトル周辺図
ユニオン湖
520
ワシントン湖
シアトル
90
5
コストコ
ユニオン・
パシフィック鉄道
アルゴ車両基地
キング郡国際空港
99
509
599
405
2km
シアトル・
タコマ国際空港

登場人物紹介

【日本】

●陸上自衛隊

《特殊部隊サイレント・コア》

土門康平（どもんこうへい）　陸将補。北米派遣東郷司令官。コードネーム：デナリ。

〈原田小隊〉

原田拓海（はらだたくみ）　三佐。海自生徒隊卒、空自救難隊出身。コードネーム：ハンター。

待田晴郎（まちだはるお）　一曹。地図読みのプロ。コードネーム：ガル。

田口芯太（たぐちしんた）　二曹。原田小隊の狙撃手。コードネーム：リザード。

比嘉博実（ひがひろみ）　三曹。田口と組むスポッター。コードネーム：ヤンバル。

〈姜小隊〉

姜彩夏（かんあやか）　二佐。元韓国陸軍参謀本部作戦二課に所属。コードネーム：ブラックバーン。

福留弾（ふくとめだん）　一曹。分隊長。コードネーム：チェスト。

姉小路実篤（あねこうじさねあつ）　二曹。ロシア語使い。コードネーム：ボーンズ。

由良慎司（ゆらしんじ）　三曹。西部方面普通科連隊から引き抜かれた狙撃兵。コードネーム：ニードル。

〈訓練小隊〉

甘利宏（あまりひろし）　一曹。元は海自のメディック。コードネーム：オリンピア。

花輪美麗（はなわびれい）　三曹。北京語遣い。コードネーム：タオ。

駒鳥綾（こまとりあや）　三曹。護身術に長ける。コードネーム：レスラー。

《水陸機動団》

司馬光（しばひかる）　一佐。アダック島派遣部隊司令官。水機団格闘技教官。コードネーム：ヴィーナス。

〈第３水陸機動連隊〉＝〝在留邦人救難任務部隊〟

後藤正典（ごとうまさのり）　一佐。連隊長。

榊 真之介（さかきしんのすけ）　一尉。第１中隊第２小隊長。防大出の一選抜組エリート。

工藤真造（くどうしんぞう）　曹長。小隊ナンバー２。西方普連出身のベテラン。

●航空自衛隊

・第308飛行隊（F-35B戦闘機）

阿木辰雄　二佐。飛行隊長。TACネーム：バットマン

宮瀬茜　一尉。部隊紅一点のパイロット。TACネーム：コブラ。

●統合幕僚部

三村香苗　一佐。統幕運用部付き。空自E-2C乗り。北米邦人救難指揮所の指揮を執る。

倉田良樹　二佐。統幕運用部。海自出身。P-1乗り。

●在シアトル日本総領事館

一条実弥　総領事。

土門恵理子　二等書記官。

【アメリカ】

●陸軍

・第160特殊作戦航空連隊〝ナイト・ストーカーズ〟

メイソン・バーデン　陸軍中佐。シェミア分遣隊隊長。

ベラ・ウエスト　陸軍中尉。副操縦士。

・ミルバーン隊

アイザック・ミルバーン　元陸軍中佐。警備会社の顧問。かつてデルタ・フォースの一個中隊を率いていた。

〝モンキー〟　ナンバー2の黒人男性。

〝タイガー〟　分隊支援火器&ドローン担当。

〝ウルフ〟　ショットガン担当。

〝ムース〟　狙撃手。

●海軍

・アダック島施設管理隊

アクセル・ベイカー　海軍中佐。司令官。

ランドン・ロジャース　海軍少佐。副司令官。

・ネイビー・シールズ・チーム7

イーライ・ハント　海軍中尉。

ホセ・ディアス　曹長。
マシュー・ライス　上等兵曹（軍曹）。狙撃手。
ティム・マーフィ　軍曹。

●ワシントン州陸軍州兵
カルロス・コスポーザ　陸軍予備役少佐。

●アルコール・タバコ・火器及び爆発物取締局（ＡＴＦ）
ナンシー・パラトク　捜査官。イヌイット族。

●テキサス・レンジャー
デビッド・シモンズ　中尉。
〈〝グリーン24〟プラトーン〉
ドミニク・ジョーダン　軍曹。リーダー。通称〝サージャント〟。

●〝ナインティ・ナイン〟＝〝セル〟
フレッド・マイヤーズ　教授。〝ミスター・バトラー〟。
トーマス・マッケンジー　大佐。通称〝剣闘士（グラディエーター）〟トム。
アラン・ソンダイク　少佐。
レニー・ギルバート　曹長。
ジュリエット・モーガン　〝スキニー・スポッター〟。動画配信ストリーマー。

●その他
西山穣一（にしやまじょういち）　ジョーイ・西山。スウィートウォーターでスシ・レストランを経営。

ソユン・キム　穣一の妻。

千代丸（ちよまる）　穣一とソユンの息子。

【カナダ】

●カナダ国防軍・統合作戦司令部（ＣＪＯＣ）
アイコ・ルグラン　陸軍少佐。日本人の母を持ち、陸自の指揮幕僚過程（ＣＧＳ）修了。

【ロシア】

●海軍

・特殊部隊（スペツナズ）第 101 分遣隊

レナート・カラガノフ　軍曹。スポッター。

マクシム・バザロフ　伍長。狙撃手。

●ロシア空挺軍

《第 83 親衛独立空中襲撃旅団》

ヨシーフ・ロマノフ　空挺軍少将。旅団長。

スピリドン・プーシキン　元海軍少佐。A 330 機長。

・第 598 独立空中襲撃大隊

ニコライ・ゲセフ　空挺軍大佐。大隊長。

パベル・テレジン　曹長。

・第 635 独立空中襲撃大隊

イーゴリ・ダチュク　空挺軍中佐。

アンドレイ・セドワ　空挺軍中佐。旅団参謀。

アメリカ陥落6　戦場の霧

プロローグ

広大なミシシッピ・デルタに位置するそこが、アチャファラヤ国立野生動物保護区のほぼ中心地だという知識を持った者はいなかったし、そもそもが隣州のテキサスから訪れた彼らは、アチャファラヤ国立野生動物保護区の知識も無かった。

ラファイエットを出た後、やたら真っ直ぐな道をひたすら走ったという認識しか無かった。その一本道は、実は全米でも三番目に長い橋として知られる全長一九マイルもあるアチャファラヤ盆地橋だったが。

真っ暗闇の中を走ったせいで、広大な湿地帯を横断しているという認識もなかった。湿地帯の中央を流れる川のキャンプサイトに降りた時も、ルイジアナ州の州都バトンルージュに入る最後の関門、ミシシッピ川の河畔に辿り着いたのだろうと勘違いした者もいた。

銃撃戦が収まってしばらくすると、野生保護区の雑多な騒音が蘇ってくる。カエルの鳴き声、夜行性の虫の大合唱や、動物の遠吠え。まるで野生のオーケストラのようだった。

彼らは、〝幌馬車隊（WTF）〟と呼ばれていた。全米でほぼ唯一安全なテキサス州から、州外に暮らす家族を救うために、東へと向かう人々の集団だった。それぞれ自家用車三〇台前後で一つのグループを編成し、もちろん武装した上で東を目指していた。多くは、北米南東部のフロリダを目指す人々だ。ネットも携帯も通じなくなった家族に食料や医薬品を届けに向かう人たちだった。

　テキサス州西部のスウィートウォーターで日本料理レストランを営むジョーイ・西山こと西山穣一、ソユン・キム夫妻、そして一人息子の千代丸が乗ったヒュンダイ〝ソナタ〟は、〝グリーン24〟プラトーンのナンバーが振られた部隊に所属していた。チーム・リーダーは、頼りになる黒人の元海兵隊軍曹ドミニク・ジョーダン氏で、一行は、他の小隊とともに、トイレ休憩でその橋を降りた所だった。

　付近に目印となる灯りはなく、キャンプサイトという話だったが、施設は何もない。木製の桟橋に穴を開け、衝立で囲っただけの仮設トイレは、いかにも急造だった。

だが、車を止めるだけのスペースはあった。ヘッドライトに照らされ、背の高い木が生い茂っているのもわかった。その鬱蒼としたジャングルの中で、そこだけぽっかり空間があった。

　しかし藪蚊の襲撃は凄まじく、あまり長居したくない場所だった。

　遠くから聞こえていた銃撃戦の音が近付き、隣の幌馬車隊が発砲を始めた時は、いよいよもう駄目かと思った。まずは交渉する――。決して撃つなと言われていたのに、誰かが焦って引き金を引いたと思ったが、そうではなかったらしいことがやがてわかった。

　撃ちまくった相手は、物資を狙う賊ではなく、陸に上がっていたミシシッピ・アリゲーターだった。つまりはワニだ。

　そんな話は聞いていないぞ！　と西山は青ざめた。深夜だというのに猛烈な暑さだが、ワニが窓から襲ってくることに備えて、みんなが車の窓を閉め始めた。

マグライトの灯りを掌で包むようにしながら、チーム・リーダーのジョーダン氏が一台一台仲間の車を回って状況説明していた。

駐車場の一番奥に止められた西山夫妻のソナタには、最後にやってきた。

後部座席では、一人息子の千代丸がチャイルドシートで眠っていた。

ジョーダン氏は、助手席の後ろに乗り込むと、ドアを静かに閉めた。

「済まない。ワニが他にいるかも知れないのでね」

ルームライトの下で、ジョーダン氏はメモ帳の名前リストの最後にチェック・マークを入れた。

「君らの所でやっと最後だ。流れ弾はどこにも当たってないかな？」とジョーダンはソユンに聞いた。

「はい。大丈夫です、うちの車は」

「フロントガラスに一発食らった車がある。でもガラスに孔が空いた程度で済んで良かった。ダクトテープで誤魔化せる」

「ワニは大きかったんですか？」

「そうだね。二メートルはあったかな。ここは川というか、運河沿いだからね」

「川ではないのですか？　アチャなんとかいう川沿い」

「そうじゃないらしい。そのアチャファラヤ川の東隣のウイスキーベイ運河。見た目はただの川だけどね。ここも別にキャンプ場じゃない。以前は、牧場だったらしい。何を飼っていたのかは知らないが。それが無くなった後、メキシコからの移民が勝手に入り込んでテント村を作った。そして、例の素敵な便所を作ったらしい。追い出すまで何年も掛かったんだろうな。トイレ以外、水道も何もないが、屋根付きの炊事場だけは残っている。かまどがある。キャンプファイアーも出来る。明かりがないと何かと不便だから、今、隣のチームがその準備をしている。野生動物を遠ざけるためにも火は必要だ」

「ワニ以外にも何かいるんですか？」

「さすがにジャガーの類いは出ないと思うが、熊はいるらしい。ロッキー山脈やアラスカの羆（ひぐま）ほど大きくはないらしいが。毒蛇を踏みつけるのはまずいし、火は必要だという結論になった。夜明けまで、ここを動けなくなった。ワニの前に銃撃戦があっただろう。賊が、挨拶代わりに撃ちまくってきた。それで、何しろ全長一九マイルもの橋で、民家も無い。

　実は平和な時でも、夜間の橋は危険だと知られていたらしい。この自然保護区の横断は、最初からちょっとギャンブルだったが、奴らに嵌められた。避難民の対向車が走ってくるのでてっきり安全だろうと思ったが、その対向車自体が奴らの罠だった。まんまとそこに飛び込んでしまった」

「運河沿いに走る道がありますよね？　南北に走っている。遠回りになるけれど、私たちの目的はバトンルージュじゃない。そっちへ迂回できないのですか？」

「南側は、途中で道が消えている。北側は、十数マイルで、北隣の橋に接続しているが、バリケードが作られて、封鎖されていることがわかった。ドローンを持っている連中がいて飛ばして見たが、武装集団のバリケードだと解った。奴らは、こちらが音（ね）を上げてくることを待っている」

「どうするんですか？」

「一応、救援要請は出したよ。テキサス・レンジャーのシモンズ中尉とどうにか携帯が繋がった時に。ほんの一瞬だったが。手は打つから、夜明けまで持ち堪えろということだった。携帯の中継器を積んだ無人機はたぶんちょくちょくここを回ってくるはずだから、状況は小まめに伝えるつもりだ。ただ、敵が黙っているとも思えないから、こちらも路上に何カ所かバリケードを作って、銃を見せびらかしながらそこを守るつもりだ。その時は、旦那さんにも加勢してもらうことになるだろう。ただ、お宅はレストランの経営者ということは、料理はできるんだよね？」

「はい。まともなキッチンや、せめてフライパンがあればですが」

「その手のキャンプ道具を持っている連中がいる。水はあるし、かまどで、スープの類いは作れるんじゃないか？　という話になった。みんなで食料を持ち寄ってね。蛋白質が必要なら、そこいらへんのカエルとか、蛇でも捕まえて一緒に煮れば良い……。冗談だ！」

「ええ……。良いですね、それ。ライスを持参しているので、たぶんリゾットの類いなら作れると思います」

「ぜひお願いします。ただし、坊やを一人にしないように。虫は多いし、刺されると拙い毒蛾みたいなのも飛んでいるだろうから、気を付けて下さい。何があっても、森の中には絶対に入らないように。危険だから。ノー・ジャングル。アリゲーター、ベア、スネーク！　デンジャー！　デンジャー」

英語下手な西山が、わかっていると二度三度「イエス！　イエス！」と頷いた。

ジョーダン氏が車を降りると、西山は「あの南部訛り、絶対わかんねえぞ！」とまたぼやいた。

「料理の話、聞いてた？」

「ああ。まあパック米はあるけどさ。薄めて、この人数分作るとなると、それにキャンプ道具って言ってたよな。コッヘルの類いは小さいじゃん。あれでいちいち煮るのか？　まあ、俺は鉄砲なんて撃てないし、そっちで協力できれば、それに越したことはない。でもさ、ジョーダンさんの地図から書き写した地図だけど、この辺り、真っ白じゃん？　人家なんて何もないぞ。その湿地帯を貫く、三〇キロもの長さの橋に乗ってしまったんだろう？　逃げ場所もないし、途中で橋を降りられる場所もほんの数カ所だ。バトンルージュの近くまで来れば、そりゃ、賊は狙ってくるよな。は治安もよくなるだろうと思ったのに」

「でも、その携帯の中継器を積んだドローンが飛んで来てくれるなら、少なくとも、テキサスの文明社会とは連絡が取れるってことじゃない？　お店の状況がわかるし、みんなに指示も出せるわ」

「そうだな。ちょっとそのかまどを見てくるよ」

西山は、息子の足下に置いた仕事用の長さ六〇センチのすりこぎを拾ってベルトに差し込んだ。

「格好良いだろう？　刀を差しているみたいに見える」

「そんなもんで、ワニと格闘しようなんて思わないでよ？」

「ワニなんて怖かないぞ！　俺は剣道有段者だ。あれほど部活に入れ込まなきゃなぁ、それなりの大学に入って、国を捨てることも無かっただろうなぁ……。でも別に後悔してないぞ！　ソユンとも知り合えたし」

「ドア、一瞬で閉めてよ！　蚊が入るから」

西山がドアを開けようとした瞬間、キャンプ場の入り口近くで、大きな火の手が上がった。まるで何かが爆発したみたいに明るい炎だった。誰かが、枯れ木を集めてガソリンをぶっかけて火を点けたのだろう。火傷とかしてなきゃ良いがと西山は思った。

周囲が一気に明るくなり、陽気なアメリカ人たちが歓声を上げた。

「起きろ！　千代丸。キャンプ・ファイアだぞ！」

「止めてよ。あんなことしたら、目立って的になるだけなのに……」

「俺たちは元気だ、負けないぞ！　と賊に意思表示しているんだろう。やっぱアメリカ人はやることが違うじゃないか。日本人ならきっと、みんなで縮こまって森の中に逃げ込むぞ。さあ、起きろ！　千代丸。火を見に行くぞ。まるで夏祭りみたいじゃないか！」

「近付かないでよ。弾が飛んできたらどうすんのよ？　絶対ダメよ！」

「駄目か……。がっかりだな」

千代丸が目を覚まして、寝ぼけ眼(まなこ)で窓の外を見遣った。炎に気付くと身を乗り出し、口をぽかんと開けて見入った。

「いいわよ。行ってきなさい！　でもすぐ引き返すのよ。夜店があるわけじゃないんだから」

「そうこなくちゃ。アメちゃんたち、きっとワニ肉のバーベキューとか始めるぞ。塩胡椒を用意しとかなきゃな」

西山は、息子に靴を履かせて手を繋いだ。この子にとっては、一生の思い出になることだろう。そのためにも、無事に使命を果たして戻らなきゃならないと思った。

単に、テキサス目指してフロリダから脱出した昔の同僚を出迎えるという個人的なミッションだったが、出発したからにはやり遂げる覚悟だった。

アメリカは、石器時代に戻ろうとしていた。各州に於ける大統領選の結果を巡る大陪審判決が出そろい、共和民主両派が激しく衝突して、各地で流血騒ぎになった。ニューヨーク・マンハッタン島は燃え上がり、ワシントンDCの官庁街は催涙ガスの充満で、職員らは脱出するしかなかった。議会議事堂は燃え、軍が動けないことで、ホワイトハウスは、イギリスから駆けつけた英国軍海兵隊兵士によって守られていた。

ロシアの破壊工作部隊が暗躍し、全国で山火事を起こし、また送電網を破壊したことで、全米のほとんどの州が停電し、上下水道も失われた。アメリカ人の七割が、今、電気もトイレもない生活を強いられていた。

そして全国で、陰謀論者たちによって扇動された暴徒たちが、破壊と略奪を繰り返していた。

アメリカの治安は風前の灯火で、カナダ国防軍から派遣された兵士や、太平洋を越えて派遣される日韓両軍の部隊によってライフラインや治安回復の試みが続いていた。だが如何せん、アメリカ大陸は広すぎた。

つい昨日、ロスアンゼルスで戦っていた自衛隊は、今日はアリューシャン列島の孤島で戦っていた。

第一章　増援部隊

バトンルージュから北西に七千キロ離れたアリューシャン列島のほぼ中央に位置するアダック島は、太平洋戦争当時、米軍がアッツ島キスカ島を奪還するために基地整備された島だった。戦後もしばらくは使われていたし、今も民間人が暮らす数少ない孤島で、滑走路を守り、降りてきた軍用機に燃料を提供するための僅かな施設管理部隊が駐留している。

ロシアがウクライナへ侵攻して以来、列島西側に位置するシェミア島とともに、海軍のネイビー・シールズ部隊を乗せた米陸軍の〝ナイト・ストーカーズ〟部隊のヘリ一機によって守られていた。島の戦力は、そのたった一機の特殊部隊仕様のヘリだったが、午前中に撃墜された。

パイロット一名が死亡。重傷を負った機付整備兵一人は、自衛隊によって救助され、乗っていたシールズのコマンド二人は、ヘリを狙撃した敵を探して島を横断する羽目になった。双方、狙撃銃で撃ち合ったが、霧が出て来てドローになった。その隙に、ロシア軍空挺部隊が、島の北側に聳えるモフェット山中腹に降下してきた。

それに対して、自衛隊は、霧の晴れ間を突いてC-2輸送機を着陸させ、特殊作戦群の一個小隊を降ろした。その機体は、アメリカ大陸西岸のシアトルから離陸したが、続いてもう一機、日本から出発したC－２一機が飛来し、基地の南側のなだらかな場所で一個小隊を空挺降下させた。

基地というかアダック飛行場の南東にある町では、住民避難が始まっていた。この季節は本来稼ぎ時で、アラスカ本土から週二便民航機が飛んでくるが、本土の騒乱のせいでこの一週間、民航機は飛んでいない。ただ、帰りそびれたハンターや研究者、物好きな観光客らも留まっていて、普段より人口は増えていた。

陸上自衛隊特殊作戦群隷下・第1空挺団第403本部管理中隊、その実、特殊部隊〝サイレント・コア〟の一個小隊を率いる原田拓海三佐は、迎えに来てくれたネイビー・シールズ・チーム7（太平洋担当）隊員のイーライ・ハント海軍中尉の案内で管理棟へと向かった。原田はひっきりなしに衛星無線でシアトルの部隊指揮所と連絡を取り合っていたが、その間にも、状況はくるくると変わっていた。増援部隊の存在を報されたのも、地上に降りてからだった。

海軍司令部は、司令部というにはあまりに粗末で、まるでプレハブ小屋だった。管理棟は、ピカピカだがプレハブ棟を何棟か繋いだだけの粗末な建物だ。いかにも、ロシア復活に慌てて部隊を再開させた感じだった。

司令官室では、粗末な防弾ベストを着込んだアダック島施設管理隊司令官のアクセル・ベイカー海軍中佐が、滑走路側を見遣っていた。遠くから銃声が聞こえてくる。

「あれは何の銃声だ？　中尉。自衛隊はあんな山の裾野に降りたのか？」

「ここから五マイル以上は離れています。恐らく霧の中で、混乱したロシア兵たちが闇雲に撃ちまくっているのでしょう。一人がうっかり引き金を引けば、皆が呼応する。それが戦場です」

陽が傾いていることはわかるが、霧のせいで、モフェット山は見えない。山どころか、滑走路の端も見えなかった。この霧こそがアダック島名物だ。

ハント中尉が原田三佐を紹介する。原田も、その銃声に関しては知らん顔をした。まさか、バヨネット一本持って空挺降下したシリアル・キラーが暴れているとはとても言えなかった。そもそも信じてももらえない。

原田は、自衛隊の派遣部隊に関して説明した。

「自分らはブラボー小隊。もう一個小隊、チャーリー小隊が、港の南側に空挺降下しました。この、フィンガーベイ・ロードを走ってくることになりますが、しばらく時間が掛かります。たった今、降下したばかりなので」

原田は壁の地図を指し示して説明した。

「君らだけで当面支えられるのか？」

「何しろ、ロシア軍はウクライナで鍛えられましたから、簡単にはいかないでしょう。増援が到着してもまだ数で負けていますし。スキャン・イーグルがすでに飛んでいるので、霧が晴れれば下界が見えますが。ただし、敵は対ドローン兵器も持ち込んでいるはずなので、いつもより高度と距離を取ることになります。日本からはグローバルホークも駆けつけるし、海上自衛隊の哨戒機も近くを飛んでくれますが、地上を掃討できるわけではない。ただし、航空自衛隊のF‐2戦闘機が、誘導爆弾を装備してエルメンドルフから駆けつけてくれるはずです。ウクライナと違い、ここは航空支援を得られます」

「霧が晴れればな……。障害物は建物しかない。車両を盾には使えるが、奴ら、それなりの対戦車兵器は持参しているだろう。そもそも防弾性能を持った車両も僅かだ」

「敵が接近する前に、廃屋を使って防御陣地を作ります。戦闘機が飛んでくるまで持ち堪えるだけで良い」

とハント中尉が提案した。

「中尉も知っての通り、ここの霧はしつこいぞ。日没までに晴れてくれるか。もっとも、この季節、夜はほんの数時間で明けるが。民間人の避難は一応、終わった。ただ、観光客の中には、まだ敵のスパイが潜り込んでいる可能性もあるから気を付けるよう部隊には命じてある。夜は冷え込むから、民間人を屋外に避難させるわけにもいかない。だが、港より南に家はない。敵はここで阻止するしかないと思ってくれ。状況によっては、シェミアからナイト・ストーカーズのヘリも来てくれるだろうが、何か聞いているか？」

「残念ながら、それは望み薄ですね。彼らは彼らで、たった一機でシェミアを守る必要がありますから。こちらは敵の増援にも備える必要があります」

「あると思うか？」

「シェミア攻略用の部隊が控えているはずです。われわれが強力に抵抗すれば、それがこちらに回ってくる可能性があるでしょう。アラスカ軍からは何か言ってきましたか？」

「いいや、ここはもう忘れられた基地だ。自衛隊が部隊を派遣してくれたなら、それでよしだろう。君ら、ウクライナみたいな、ドローン攻撃を喰らったら対処できるのかね？」

中佐は原田に聞いた。

「一応、備えはしてきました。多めにショットガンを持ち、何より、ドローンが真上にくるより先に発見することが重要です。いわゆるＦＰＶドローン対策ですが」

「この霧が晴れたところで、白い雲を背景に飛んで来るドローンなんて、肉眼では簡単に見えないだろう。ましてや、モフェット山は雪を被っている。それを背景に飛んでくるんだ。青天でも背景に紛れ込むことになる」

「はい。肉眼ではなく、音で探すことになります。今、ＭＡＮＥＴ用のメッシュネットワークを張らせています。基地施設を囲むよう何カ所かに置いた集音マイクでドローンのモーター音を察知して、少なくとも、位置特定は出来るつもりです。探知は直前になり、応戦時間は限定されますが……」

「ＭＡＮＥＴ？　凄いな……。一応、基地内の無線ＬＡＮシステムもある。そっちがダウンした時は使えるようにしておこう。施設周辺しか使えないが。でも、応戦はショットガンで人力になるわけだろう？」

「はい。実弾を用いての迎撃訓練はしていますが、残念ながら、四軸制御のＲＷＳの機関砲で狙うほどの命中精度は出ません」

「海自の哨戒機が飛んでいるなら、霧の情報が欲しい。どの辺りで霧が出始め、いつ頃、どのエリアの霧が晴れるかが事前にわかれば、警戒度を上げ下げ出来る。われわれは歩兵ではない。どちらかといえばエンジニアの集まりでね。鉄砲を構えて何時間も警戒はできない」

「わかりました。上空からの予報が可能かどうか尋ねてみます。それ以前に、基地の兵士の負担にならないよう戦います。皆さんが自分で銃を撃つような状況は、われわれが全滅しているということなので、白旗を用意した方が良いでしょう。塹壕を掘って持久しても助けは来ません」

「まあ、そうだろうな。必要なものがあったら何でも言ってくれ。必要な場所に陣取って構わない」

「有り難うございます」

原田は、敬礼してハント中尉とともに外に出た。荒涼とした景色だった。建物はあるにはあるが、看板の類いはどこにもない。

「まるで……」

「南極みたい？」

「そんな感じだな。行ったことはないけど、南極の、ちょっと大きめの基地に降り立ったらこんな感じがするような気がする。南極と違い、こっちは緑があるけどね。LAやシアトルからいきなりこの荒涼とした景色は、少し戸惑う。ところで中尉。この空港と、町がある場所って、実は島だよね。上空で地図を見ながら気付いたのだが……」

「そうです。空港エリアのほとんどが、細い水道で、アダック島本島から分離されている。滑走路の西側は、水道を一部埋め立てて作ったので、そう見えない部分もありますが。つまり、この町は、空港ごと、天然のお堀で守られている。敵は、その掘を渡ってくるか、滑走路の埋め立て部分を渡ってくるしかない。目隠しになるような地形もないし、霧でも利用しなければ、攻略は容易じゃない」

ギリースーツを着たリザードこと田口芯太(たぐちしんた)二曹と、ヤンバルこと比嘉博実(ひがひろみ)三曹が通りかかり、ハント中尉に敬礼した。ふたりともすでに両手に銃を構えていた。

「陣取る場所は決めた？」と原田が田口に尋ねた。

「いえ。作戦次第で決めようと」

「DSR‐1狙撃銃に、GM6〝リンクス〟対物狙撃銃！　少佐殿の部隊がどういう環境での戦闘を得意としているかがわかる。しかし、こんな重装備でLAやシアトルで暴れ回ったのですか？」

「ピックアップ・トラックの荷台に据え付けたフィフティ・キャリバーをぶっ放してくる連中と対

峙すれば、これでもまだ不十分だとわかるよ。作戦はどうするね？」

「実は、デルタのOBが数名滞在しています。理由は聞かないで下さい。自分も報されていなかったので。彼らが、撃墜されたヘリのパイロットと一緒に、丘に登っていきました。霧が晴れるようなら、遠くから狙撃して牽制して時間を稼ぐに限る。少なくともそれで日没まで時間稼ぎが出来る。暗闇での襲撃もあるかも知れないが。それはこちらの得意な作戦でもある。ただ、当然味方の狙撃手はドローンで狙われるでしょう。惹き付けるだけ惹き付けて、彼らが身を隠す場所もなくなった所を十字砲火で潰すという作戦を提案したいですが、霧の状況によっては、ほんの目と鼻の距離で撃ち合う羽目になる。それにこの作戦は、ベイカー中佐の支持が得られそうにない」

「川というか、小川を塹壕代わりに利用して接近はできるよね？」

「ええ。できます。冷たいし、ウクライナで両軍が掘ったほどの深さもないが、そういう所を伝って滑走路際まで出ることは可能です。何本もありますね。小川（ストリーム）というより、〝ブルック〟ですね。一足で飛び越せる。たぶん最低でも三本か四本はあります。しばらく本降りの雨はないので、所々乾いている。敵は利用することでしょう。われわれは、その小川があちこち途切れる所を狙撃することになります」

「では、中間の作戦を取ろう。敵はそれらのブルックを利用して接近するという前提で、ブルック上を狙撃するということで。対物狙撃ライフルを使うような超々距離での殲滅はなし。敵が同じ戦法で来ない限りはね。エネルギーのほとんどを、上空からのドローン攻撃防止に割くことになるが」

「了解です。それでいきましょう」

田口が、「じゃあそれで」と敬礼して去った。

「うちの指揮車を入れる場所がありますか？」と原田が、野っ原に置いた都市型汎用指揮車〝エイミー〟を指差した。

「あれ、いわゆるハイエースですよね？　装甲車両には見えないな……」

とハント中尉が笑った。

「そう。あれは、日本の街中を走れるように作られた。中のシステムを外して装甲指揮車に乗せ替えも出来るが、そうすると、重たくて運べなくなるから」

「部隊の休憩所も必要でしょうから、そこの、今は使われていない昔の陸軍兵舎が良いでしょう。屋根付きで車両の整備が必要なら、われわれがヘリを置いている沿岸警備隊のハンガーがありますが、滑走路に面しているのでお勧めしない。兵舎跡の施設自体は使えます。冬は水回りの管理があるから完全閉鎖ですが、夏場、時々ユースホステル代わりに使われることもある。滑走路側の建物を防壁代わりにすることで、敵の弾もある程度は防げます」

「了解。じゃあ、指揮所もそこに設営します」

「さっきの銃声、収まりましたね？」

と中尉は不審な視線で原田に聞いた。

「そうみたいだな……。ま、無事なら後で紹介します。勝手に動きたがるお人なので」

「それは楽しみだ……」

「お宅らの秘密は、そのデルタだけ？」

「本当に、事情は知らないんです。なんで完全武装のデルタ兵士がいるのか。バーで一度だけ一緒になって、元軍人だろうとは思いましたが、詮索はしなかった。たぶんどこかの民間軍事会社から派遣されたのでしょう。指揮官の身元の確認は取

52-99

れているそうです。贅沢は言えない。元特殊部隊兵士なら大歓迎です」

原田は、中尉と分かれて〝エイミー〟の後部キャビンに乗り込んだ。キャビンは独特の作りになっている。三列シートは取っ払われ、最後尾にシステムラックやモニター、オペレーター席。中央に横向きの指揮官席が設けられている。

原田は運転席背後の指揮官席に座り、左隣でコンソールを操作する新人隊員のレスラーこと駒鳥綾三曹に「どう？」と尋ねた。

「私、動体視力を維持したいんですけど、これじゃやすぐど近眼になりそうですね……。ああ、状況ですね。訓練小隊の降下を見守っています。車両二台の降下も確認しましたが、一台が泥に嵌まったようで、そこから出すのに苦労しているみたいです」

「車両って、ＭＲＡＰとか？」

「いえ、もっと小さい、〝ハウケイ〟ではないでしょうか？」

「ハウケイを二台？　それは無理だ。あれはフル装備だと一〇トン近い。Ｃ－２のペイロードでそれを二台乗せるには、燃料をミニマムで離陸し、直後に上空で空中給油が必要になる。Ｂ－52爆撃機みたいにね。そんな面倒なことをしてまで、たかが装輪装甲車をこんな所に持ち込む理由がない」

「東富士で、対ドローン用の防空システムをテスト中だったはずです。それかも知れません。ルーフに何か積んでいたようにも見えたので」

「え？　オージーのスリンガー・システム？　あれ、先月日本に届いたばかりだよね？」

「ウクライナで実績を積んだはずですから、あとは、操作方法をある程度マスターするだけでしょう」

「それが泥に嵌まっているのか……。中佐に頼んで、トラクターか何か牽引車を出してもらうよ。まだ見えている？」

「いえ。スキャン・イーグルはこっちに戻ってきてます。向かわせますか？」

「いや、良い。こっちが優先だ。タオ、エイミーをそこの建物の陰に入れてくれ。できれば、外から隠せそうな場所に」

と運転役のタオこと花輪美麗（はなわびれい）三曹に命じた。ほぼネイティブの北京語遣いだった。

「了解です。私、ずっと運転手ですか？」

「ここで北京語の使い道があれば良いが……。いや良くないか。こんな所まで君の特技をいかせるようだと、本当に勝ち目はないぞ。指揮車を守る役も必要だけど、車のバッテリーも節約したいから、システムは室内に入れるよ。それまでの我慢ということで頼む」

「でも、ペトロパブロフスクから飛んでくるのなら、解放軍だって部隊を派遣できますよね」

「あまり考えたくないよね。今じゃロシアより解放軍の方が、その手の大型輸送機はいっぱい持っているだろうから」

車を降りた所で、訓練小隊からトラブル解消の無線連絡が入った。原田は、そのまま陸軍兵舎、というより兵舎跡の建物で指揮所設営と警備の手筈を整えに掛かった。ここは孤島とは言え、スーパーもあれば消防署もある。観光客に紛れ込んでのスパイもいるだろう。指揮所警備にも隊員を割くしかないが、まずは敵の出方を見る必要があった。

幸い、まだドローンが飛んできた形跡は無かった。

アメリカ北西部ワシントン州の要衝にして大都

市のシアトルも夜を迎えていた。北米の都市にしては緯度が高いが、それでも日本で言えば東北地方相当だ。だがサマー・タイムの季節なので、当然夏の日没は遅くなる。

サイレント・コアの専用車両である連結型指揮通信車両の〝メグ〟&〝ジョー〟の〝メグ〟は、シアトル・タコマ国際空港のサウス・サテライト前に止められていた。空港への送迎道路一本挟んだ隣には、巨大な駐車場ビルが建っていたが、誘導爆弾を喰らったせいで、ほぼ崩落状態で、路上の瓦礫撤去も夜通し続いていた。

空港は、前夜の戦いが終わり、滑走路及び誘導路の掃除を経てようやく再開されていた。だが、賊が空港北側のダウンタウンを占領しているせいで、太平洋を越えて飛んでくる支援の旅客機や貨物輸送機は、南から進入して着陸し、荷物を降ろした後は、また南へと離陸する手順を取っていた。

問題は、帰路の燃料で、シアトルを離陸した機体は、バンクーバーやアラスカのアンカレッジやエルメンドルフ空軍基地にいったん降りて燃料を給油する必要に迫られていた。

第403本部管理中隊隊長にして、北米派遣統合司令官に任ぜられた土門康平(どもんこうへい)陸将補は、指揮通信車両〝メグ〟の三段に組まれたモニターの背後に立ち、本国から差し入れられたエナジー・ドリンクを一本飲み干した所だった。

サイレント・コア副隊長の姜彩夏(かんあやか)二佐が、外務省シアトル総領事勤務の土門恵理子(えりこ)二等書記官とともに上がってくる。

「報告しろ、ナンバーワン――」

「遅くなりました。小隊はロスアンゼルス国際空港から完全に撤収し、シアトルに戻りました。〝ベス〟も間もなく輸送機で到着します。韓国軍海兵隊といろいろ調整しました。彼らは、明日いっぱい、ＬＡの状況把握と、夜間の治安回復に向けて尽力し、必要なら、本国から増援を呼ぶとのことです。ＬＡの治安回復を交替するが、引き続き、日本からの支援も必要不可欠であるし、いざという時は、シアトルからの増援もお願いしたい。もちろんこちらも、増援を出すと。あと、彼ら、ヘリの類いは持参していないので、可能なら、陸自のＣＨを貸して欲しいとのことでした」

「連中、自前のＣＨを持ち込む予定はないのか？」

「太平洋上に展開する海自のヘリ空母で給油する必要があり、その調整が済み次第、飛ばすそうです。それと、サンフランシスコの治安回復に関しては、別途、こちらと協議したいそうです」

「これさ、とりあえず備えていた日本が出て、韓国が続いてくれたけど、陸兵だけなら、ＡＳＥＡＮ諸国も出せるよね？　シンガポールやタイ、マレーシアも。ロジの維持は大変だろうが。外務省！　オージーとかどうなんだ？」

と土門は娘に質した。

「はい！　その話は、ＬＡＸに立て籠もった各国総領事館職員同士でも出ていて、オーストラリアとニュージーランドに関しては、陸兵を出す方向で詰めの作業が進んでいると聞いています。彼らなら空路のロジ構築も可能でしょうから」

「ではサンフランシスコの治安回復はぜひその線で進めよう。そしてその北、ポートランドを抱えるオレゴンは、ポートランドから、南のセイラム辺りまでは、ここから向かえるが、ポートランドも大都会だから、治安は悪いよな？」

「その件は、シアトル総領事館に、オレゴン州政府から直接、治安回復の要請が届いているそうです。それも頻繁に、悲鳴に近い形で」

「なんて応えているの？」

「何事も順番があって、まずはシアトルの状況を改善してからだと」

「ポートランド空港って、結構でかいだろう？　日本からの直行便はないのか？」

「いません。ＬＡＸやシアトル、サンフランシスコ経由になるわね」

「オレゴン州政府に、支援が欲しければ、空港機能の完全回復と、その離着陸経路の安全確保が最低条件だと言ってやれ。それがなければ、カリフォルニアとワシントン州の治安が完全に回復された後、陸路からのアプローチになると」

「はい……」

「駄目か？」

「一応、総領事の顔も立てないと」

「外務省として、言葉をどうオブラートに包むかはそちらの自由だ。こちらは関知しない。だが、ない物は出せないぞ。これからダウンタウンの攻略で、また弾も血も流れるだろう。ま、活動開始は夜明け時になるだろうから、ほんの四時間でも隊員を休ませろ」

「その件だけど、シアトル市側から、救援はまだかまだか！　と矢の催促です。今夜中に行動を開始して下さい」

「水機団にだって睡眠は必要だ。今日は一日中、空港の掃除に追われていた」

「でも戦闘は無かったでしょう？　それに、カナダ国防軍のルグラン少佐とも調整は付いています。地元自治体の要望に添うしかないと」

「彼ら、まともな暗視装置もないのに、この暗闇でどうしろと言うんだ……」

「どの道、先頭に立つのは暗視装置を持つ自衛隊でしょう。彼らが望むなら、最後、立て籠もる市民に歓迎される時だけ、入れ替われば良いじゃないの」

「今朝までドンパチやっていたんだぞ？　休みもなしか……。ナンバーワンはそれで良いのか？」

「調整役の外務省からそうしろと言われれば断れません。それより、アダックの現状はよろしいのですか？」

「ああ、そうだった。ガル、どんな感じだ？」

土門は、眼の前に座ってコンソールを操作するガルこと待田晴郎一曹に尋ねた。彼は原田小隊のコマンドだが、ここからの方が状況を俯瞰しやすいと言うことでシアトルに残ったのだった。待田はずっとアダック島上空を飛ぶスキャン・イーグルの映像を監視していた。その飛行コースを決定しているのも彼だった。

スキャン・イーグルが送って遣す可視光、赤外線画像は真っ白だった。霧が出ているせいで、地表の視界はほとんど得られない。時々、飛行場の滑走路が覗く程度だった。

「ロシア軍が降下した飛行場北側は、現在、分厚い霧が出て状況は不明です。例のお人も無事かどうか……。訓練小隊は、降下後集結を完了して町へ向けて移動を開始しました。アメリカさんの前では〝訓練小隊〟とも呼べないので、米側には、チャーリー小隊ということにしています」

「まだ攻撃は始まっていないんだな？」

「はい。敵は恐らく、飛行場へと流れる小さな小川を塹壕代わりに利用して接近するだろうから、そこを叩く作戦です。ロシア軍がどのくらいの時間を掛けて攻略する気なのか、しばらくは様子見でしょう。こちらを軽んじて雪崩れ込んでくるようなら殲滅するだけの戦力は整いつつあります」

「君、聞いていた？　訓練小隊が出るという話を」

土門は姜二佐に質した。

「まさか。隊長が許可していないものを、私が知っているはずはありません。作戦というか、このスキームを考え出した人間は、あの人が指揮を執るなら、隊長の許可は不要だと考えたのでしょう」

土門は、じっと娘を睨んだ。

「ああ、それでね!」と娘は話題を変えた。

「テキサス州知事からの要請です。テキサスは、流入し続ける避難民を抑制するために、隣接州と協力して、隣接州の治安回復に乗り出しつつある。ついては、補給物資の援助をお願いしたいと」

「シアトルからダラス・フォートワースまで二七〇〇キロだぞ。積み下ろしの時間も入れると、八時間前後も余計に時間を見積もる必要が出てくる」

「だけど、テキサスでは航空燃料が手に入る。テキサスは精製までやっているから、その燃料は無尽蔵と言って良い」

「そうは言うがな、人口三千万だろう? カリフォルニア州は四千万。日本国民の半数を超えるような人口を、太平洋越えのベルリン空輸だけで支えるのは土台無理があるだろう。あれもこれもと言われても困る」

「何度も話したように、テキサス州とのビジネス関係は大事です。出来ない理由を探すのでは無く、術を考えて下さい」

「まあ、東アジアの空港で身動きが取れなくなったアメリカのエアラインも、この空輸作戦に参加しつつある。それを投入できるかどうか検討させよう。空自の輸送機は使えないぞ。陸兵の物資輸送で手一杯だ」

「わかっています。そこはいろいろと外交団で調整します。ただ、テキサス州内の末端輸送に、輸送機を出してくれという要請も必ず来ます。ハーキュリーズを何機か提供してもらいますから」

「直接、空自に言え。私の領分じゃない。水機団がこの屋内に指揮所を立ち上げた。一部自家発電も動き始めたので、ここの電源も貰っている。俺は、水機団に話を通してくる。ガル、ドンパチが始まったら呼んでくれ」

「アイ、ボス！　夜間攻撃は悪く無い作戦だと思いますよ？　敵に暗視装置は無い。こちらは狙撃同様の攻撃ができるが、向こうは暗闇に向かって無駄玉を撃つしかない」

「あいつら、その無駄玉ってのをまだ山ほど抱え込んでいるんだぞ。思うほど有利な展開になるとは思えないがな。こちらも増援部隊が必要だぞ。ナンバーワンは、水機団指揮所に顔を出して、ルグラン少佐らと作戦を練ってくれ。敵も夜は寝るだろう。それに賭けるとするか。懲りない奴らだ。クインシーであれだけの犠牲を払ったのに……」

「あとがないのよ、アメリカの99パーセントには」

「日本の99パーセントだってそうだぞ。あとなんてない。アメリカで起こったことは、その一〇年二〇年後、必ず日本でも起こる。『私なら何でも完璧に解決して見せる！』と嘯（うそぶ）くアジテーターが、民衆の支持を得て総理大臣の座に就くことになる」

〝99パーセント（ナインティ・ナイン）〟、あるいは〝セル〟と呼ばれる暴徒のほとんどは、ごく普通のアメリカ市民だ。だが彼らがトランプ政権を熱狂的に支持し、今もまた、ロシアが背後にいることがわかり切っている暴動に加わり、この国を分断した勢力への復讐を図っていた。

何しろ、彼らにはもう失うものもないのだ。産業革命直後のヨーロッパのように、ほんの一パーセントの富める階級と、残り99パーセントの、搾取される労働者階級に分断されてしまった。それが今のアメリカ社会だった。

第598独立空中襲撃大隊を率いてアダック島に降下してきたニコライ・ゲセフ空挺軍大佐は、女房役のパベル・テレジン曹長と共に、部下の死体の上に屈み込んでいた。霧は濃くなったり薄くなったり。だが山肌の視程は一〇〇メートル前後が限界だった。

死体は、背後から、首が真横に切られていた。兵士は、頸動脈からの瞬間的な失血で意識を失い、叫ぶ間はもとより、出血場所を手で押さえる暇もなかったらしい。

「ここには羆はいるのか？　いないよな……」

「北米にいるグリズリーの類いなら、首だけでは済まないでしょう。顎が砕け飛んでいるはずです」

「何人殺られたんだ？」

「行方不明は五名。死体の確認は三名です」

「われわれが降りてくる前に、ネイビー・シールズのコマンドが山中に潜んでいたということになるな」

「少し気になる点が……。自分は法医学の知識はありませんが、背後から襲ったとすると、刃先が前から後ろへやや下がっています。身長差がある。敵は、そんなに高長身ではないですね。一七〇センチちょっとでしょう。米兵としては小柄な方です」

「うん。この霧だ。撃ちまくっても同士撃ちになるだけだ。二人ひと組みを徹底し、決して一人になるなと厳命してくれ。隊列を組んで移動していたはずなのに、これでは話にならんぞ。霧が晴れる前に一気に仕掛ける。

銃は荷物になる！　弾倉だけ貰っておけ。死体は後で回収する」

大佐は兵に命じて歩き出した。

「また襲ってくると思うか？」

「来るとしたら、次は銃でしょう。ナイフで切り裂くなんて、こんなやり方は、アメリカ軍らしくない。少し奇異な感じを受けます。兵達も怯えている」

「ウクライナのあの地獄を経験しておいてか？」

「兵士の半分は、徴兵同然にかき集められて、まだウクライナの戦場を知らない者たちです。バヨネットを持った正体不明の敵が彷徨(うろつ)いていると知ればざわつきます」

「早く山を降りて指揮所開設、ドローンを飛ばそう。こんな所で時間を浪費するわけにはいかん。みんな止まるな！　ここはウクライナの戦場だと思え。いつドローンが真上から突っ込んでくるかもわからないとな！　三六〇度、首をくるくる回して、真上の監視も怠るな！」

とはいえ、こんな忘れ去られた海軍基地に、歩兵攻撃用のドローンが配備されているとは思えなかった。スパイを潜入させての事前の偵察でも、ドローン運用の形跡はないとの報告だった。

ベラ・ウエスト陸軍中尉は、アメリカ陸軍第160特殊作戦航空連隊、通称〝ナイト・ストーカーズ〟のMH‐60M〝ブラックホーク〟ヘリコプターの副操縦士だった。

彼女が乗ったブラックホーク・ヘリが、島の南西部で撃墜されてから、まだ一二時間も経過していなかった。

彼女は、元デルタ・フォースの隊員らで編成された民間軍事会社のコマンドと一緒に、空港からなだらかな丘を登った場所に陣取っていた。

この元デルタ隊員らは、上院軍事委員会の重鎮である彼女の父親が手配したものだった。娘を守るために。

四人の部下を従えるアイザック・ミルバーン元陸軍中佐は、自然に形成されたバンカーの中に陣地を作らせ、バラクーダ・ネットを張って頭上を偽装させた。いずれはドローンに気付かれるだろうが、時間稼ぎはできるとの判断だった。そのバンカーからは、モフェット山はもとより、飛行場全体も見渡すことが出来るが、今は、濃い霧のせいで、何も見えなかった。

「自衛隊は、それなりに持ち堪えるだろう。見たところ、あの装備は日本版海兵隊ではなく特殊部隊だ。今夜一晩は大丈夫だと見て良い。だが敵は、飛行場を簡単に奪えないとわかると、恐らく暗い内に、この丘を西側から迂回して町へ雪崩れ込もうとするはずだ。われわれはそれを阻止する」

「自分を含めてもたったの六人ですが？」とウエスト中尉は疑問を挟んだ。

「せいぜい一時間阻止すれば良い。その間に、下から援軍が登ってくるさ。標高はほんの三〇〇フィート。滑走路からも一マイルちょっとの距離だ。それで、いずれにせよ敵は、その意図も阻止されるだろう。問題はその後の推移だ。どうなると思うね？」

「ここで持久戦は出来ないでしょう。かと言って脱出する術もない。うかうかしていたら、アラスカから爆撃機が飛んでくる。それはすでに離陸したかもしれない」

「後続の増援部隊が、ペトロパブロフスクから飛び立つことになる。それはロシア軍かもしれないし、解放軍部隊かも知れない」

「さすがに撃墜されるでしょう」

「デルタを率いていた現役時代、シェミア島防衛の評価で、あちらの指揮官らと突っ込んだ話をしたことがある。島を占領しにきたとわかっているロシアの輸送機を撃墜できるか？　全員、ノーという答えだった。こちらの領空を侵犯している以上、国際法上の疑義はないと思うだろう？　それは正当防衛行為だと。ところが、われわれには努力義務がある。それを領空外に退去させ、あるいは自国の飛行場に強制着陸させるとの。交戦法規も現状ではそうなっている。そこは日米ともに同じだろう。だから、米露が交戦状態にあることを互いに宣言していない状況下では、撃墜はかなり論議を呼ぶ行為になる」

「では、シェミアの基地なり、ここの飛行場にわざわざ誘導してやって、武装した兵士らが、わらわらと滑走路上に飛び出してくるまで道案内するしかないわけですか？」

「そういうことになる。シェミアで聞いた時には、平時にそれを撃墜するとなると、ことは国防長官レベルの決断では済まない、大統領の決断が必要になるだろうとのことだった。単に、無線が壊れた輸送機が、緊急着陸場所を探していただけかも知れないからね。

私が空挺の指揮官なら、護衛なしで飛んでくるよ。護衛の戦闘機を引き連れていれば、戦闘機のつもりで撃った、と言い逃れできるから」

「それで、さらに数百人がやってきたらどうなるのですか？」

「飛行場周辺にタコツボを掘る敵を、空爆や誘導ミサイルで潰すだけの覚悟が日本にあれば問題はない。その覚悟がなければ、われわれはこんな小さな島で、何ヶ月も塹壕戦を繰り広げる羽目になる。敵は、食料の補給で苦労するだろう。だから、長期戦は避けたいというのは、敵も味方も同じだろうな。

こちらの戦力に驚いた敵が、短期決戦が勝利の鍵だと気付いて受け入れるまでの時間が問題だ。

すでにその腹を決めたか、まだこちらの戦力増に気付いていないか、どちらの可能性もあるが、一戦やってみれば、向こうも理解するだろう。そしたら、すぐ作戦の転換が行われる。だから、君はうっかりわれわれに付いてきたが、ここは安全じゃないぞ？」

「銃くらいは撃てるし、メディックの真似事も出来ます。パイロットが基地にいたところで、邪魔になるだけです。皆さんは、私を守ることで報酬を貰えるわけで、邪魔だとは言えませんよね？」

「ああ。手数というか、弾の運び屋くらいはいても邪魔にはならない。監視の眼も必要だ。でも、ドローンが真上から迫撃弾を落としてきても私を恨まないでくれよ」

「もちろんです。軍人としての義務を果たします！」

彼らは、全員、変わった装備だった。グレネード発射基のダネルＭＧＬは〝モンキー〟が。狙撃銃として300ノルマ・マグナム弾を使うＭｋ22ＡＳＲ、いわゆるバレットＭＲＡＤは、寡黙な白人男〝ムース〟が。対ドローン用にベネリのＭ３ショットガンは、ドローンの操縦も担当する東洋人の〝ウルフ〟が持つ。分隊支援火器のシグザウアー、ＸＭ250は、〝タイガー〟が。この分隊支援火器は、米陸軍への配備が始まったばかりだ。なぜ民間軍事会社の彼らが持っているのか知らないが。

この他に、全員がＨＫ・416アサルト・デルタ・スペシャルとピストルも持っていた。

ウエスト中尉は、いつもフライトスーツのポケットに仕舞っている愛用の耳栓を取り出した。

全周を警戒しなければならない。たぶん、今朝、自分の機体を狙撃して墜落させた狙撃兵たちも追いかけて来るはずだった。

第二章　剣道

　サイレント・コア訓練小隊を率いる甘利宏一曹は、ハウケイ装輪装甲車に乗って、指揮所立ち上げ途上の陸軍兵舎跡に現れた。

　全身泥だらけで、酷い格好だった。

「まるでどろんこレスリングでもして来たような格好だぞ？」

と原田はエイミーの隣に止めたハーケイを出迎えた。

「言ってくれるよ……。選りに選って水が張ったバンカーに着地した。自然保護区なのに酷い轍の跡を残す羽目になった」

　二人は、海上自衛隊生徒隊の同期で、二人だけの時はため口の会話だった。原田は、大学、航空自衛隊と寄り道したが、甘利は、海自からここにスカウトされた。原田が土門からスカウトされた時に提示した唯一の条件が、甘利を連れてくることだった。

「米側には、チャーリー小隊ということで説明している。訓練小隊の名前は出さないでくれ」

「俺ら、装備も練度も水機団以上だけどね」

「隊長は、ちょっとお冠りらしい。誰の許可を取って訓練小隊が出たんだと」

「俺は知らないことになっているし、あの人も、命じられただけの話だ」

「ここに来ることを？　来てないけどな……」

「一人で降りるって言うんだから、責任は負えない。無事ならひょっこり現れるさ」

「さっき、しばらく銃声がしていた。無線機くらい持たせろよ。ところで、このかぶり物はさ……」

と原田は、このサイズの装甲車両が装備するには不釣り合いなほどに大きいリモート・ウェポン・システムを見遣った。

「オージー製のハウケイに、オージー製のスリンガー防空システム。同じ国の商品だから、マッチしているよ。光学センサーのみならず、探知距離は知れているが、レーダーも装備しているから、霧の中を飛んでいるドローンも狙撃できる。ほら、正面に見える、ちっこいタブレットみたいなのが、レーダーだ。あれでもフェイズド・アレイ・レーダーだからな。M230・三〇ミリ・ブッシュマスター砲装備の四軸制御システムは、重量四〇〇キロ以下。この手のシステムとしては軽い方だぞ。その気になれば、兵隊四人で地上に降ろして設置できる。電源さえ確保できれば、陣地での運用も可能。ウクライナではそれなりに戦果を上げたらしい」

「弾はどうするんだ？　三〇ミリ砲弾なんてそんなに数積めないだろう？」

「それがこいつの秘密で、三〇ミリ・エアバースト弾を使うことで連射の必要は無い。念のため二、三発は撃つが、基本は一発で仕留められる性能を持っている」

「C‐2のペイロードじゃ、一個小隊乗せた上に二台も乗らないよな？」

「普通はな。B‐52方式。燃料ミニマムで給油機を伴って離陸し、巡航高度に上がったらすぐ空中給油。俺も無茶だと思ったが、二台あれば、飛行場のエリアをそれなりに守れるというものだからさ」

「誰が？」

「外務省ということにしておけ。それ以上は詮索するな」

「なんで外交官がそんな無駄な知識まで持つんだ、それも二等書記官が。まったく……」

指揮所は、くの字型をした兵舎の丁度中央の屈曲部分にモニターを置き、座学用の机を並べてテーブルも作られていた。

「燃料が必要だ。電気を使うからエンジンは掛けっぱなし。だが、機内搭載のために、燃料はほとんど空のまま載せた。対戦車ミサイルを喰らわずに済むよう、スリンガーは建物の陰に隠しておこう。一両は管制塔の陰に置きたい。もう一両は沿岸警備隊のハンガー前に」

「敵に近過ぎる。誘導路より前には出ないから、もっと後ろで良い」

「それだと、滑走路を守れないが？」

「敵の目的は滑走路の破壊じゃない。付随被害は出るだろうが、兵士の安全を優先させる。中隊規模だから、当然、迫撃砲くらい持参しているだろう。それをどうやって潰すかを考えないと」

「シェミアから、ナイト・ストーカーズのヘリは来ないのか？」

「無理だろう。また狙撃される羽目になる。こいつの射程距離はどのくらい？」

「確実なのは一二〇〇メートル前後だろうな。ショットガンで、五〇メートル向こうで叩き墜すよりはましだ。機関砲自体の有効射程距離じゃなく、レーザー測距儀の性能や何やらで決まるらしい。もちろん、地上の静止目標相手なら、有効射程距離を超えて撃てるが、エアバースト弾しか持ってきてないから、地上攻撃にはお勧めしない」

「そんなことはないだろう」

　と原田は変だろう、と首を傾げた。

「エアバースト弾なら、塹壕に潜む敵にこそ威力を発揮する。塹壕の真上で爆発させれば、下の兵隊は一網打尽だ」

「オーバーキルだ！　自衛隊はそんな非人道的な攻撃はしない。メディックとしての、お前の仕事が増えるだろうが」

「なるほどな……。わかった。そういう前提で、シールズ隊員と配置場所を検討しよう」

「敵が降下した場面は、誰か目撃したの？」

「ちゃんとは見てないはずだ」

「なら、ボートくらい降ろしたかも知れない。背後から回り込まれないよう、海岸線にも見張りを出そう」

「それが良いな。けど、うちから隊員を割く余裕は無い。海軍さんに頼もう。武装した兵士を三〇〇メートル間隔で配置すれば、手持ち無沙汰の兵士にも使命感を持たせられる」

「機上で計算してきた。滑走路端北東のバラックから、南側港の対岸まで直線距離で五キロある。三〇〇メートル間隔だと一六チームいるが、人数も、ウォーキートーキーの数も限られるだろう。よくて五チームの配置が限界だ。つまり千メートル間隔。霧が出てドローンにも見えない海岸線をそれくらいで守り切る必要があるぞ。ボケたのか？」

　と甘利は怪訝そうな顔で尋ねた。

「お前、昔はもっと冴えていたぞ？」

「考えることが多すぎてな……」

　原田は渋い顔でそう言ったが、その場にいた部下らが少し困惑した反応を示した。

「みんな、今のやりとりは忘れてくれ。あくまでも、われわれは上官と部下の関係だからな。では隊長殿、部隊を配置に就かせます！」

と甘利は取りなした。窓はあちこち破れているというか、外されたままだ。夏とは言え、簡単な防寒着がいる場所だった。

霧が張っているせいで、白い空間に、隣の建物がぽっかり浮かんでいる感じだった。だが、その霧の濃さはひっきりなしに変化していた。突然、日が差したかと思うと、とたんに濃霧になる。その繰り返しだった。

敵はこれを利用してくるだろう。遠くもなく近くもない距離で撃退するという作戦は難しいかも知れない。こちらの望む距離での撃ち合いは難しそうだった。

ロシア軍第83親衛独立空中襲撃旅団・第635独立空中襲撃大隊を率いてモフェット山の北東側斜面に降下したイーゴリ・ダチュク空挺軍中佐は、旅団参謀のアンドレイ・セドワ空挺軍中佐とともに、部隊が斜面を前進する様子を見守った。

下り斜面の角度が緩やかになり、平野部に近付いていることがわかった。飛行場の滑走路まででは直線距離で八キロ、途中、渡渉が必要な小川もあれば、道があるわけでもない。

だが、泥濘時期のウクライナを進軍するよりはましだ。島には、大戦当時に埋められた地雷の平原もあったが、ここはそうではない。地雷が歩兵の脚を吹き飛ばす心配もなければ、ＦＰＶドローンが、真上から手榴弾を落とすこともない。

霧さえなければ、ここはピクニック気分で歩ける。そして敵は、たかだか二、三時間ではアラスカからの救援を呼べない。それがエルメンドルフを飛び立つ頃には、全て終わっていることだろう。

飛行場から山中へと延びる未舗装な道路とようやく遭遇した。ここからはたぶん四キロほどだ。

モフェット山の反対側に降下したもう一個大隊は、シールズ隊員と遭遇したらしいが、こちらはまだ全員無事だ。

先頭を行く斥候が、滑走路まで二キロの廃墟跡に到達したことを通信兵が報告した。

「なあ、アンドレイ。われわれはもう少し、飛行場に近い場所に降りても良かったのじゃないか？　あるいは飛行場そのものでも。敵に防空ミサイルの類いがないことはわかり切っていたのに、用心しすぎたかもしれん」

「ホストーメリ空港の二の舞はご免だ。慎重の上にも慎重を期すことに反対はしないね。たかが二、三時間のピクニックで済むなら」

忘れもしない二〇二二年、二月二四日、ロシア軍によるウクライナ侵攻の最初のハイライトになったホストーメリ空港、正式名アントノフ空港への襲撃制圧作戦は、ヘリボーンによる奇襲作戦だったが、一時占領に成功したロシア軍空挺部隊は、ウクライナ軍の猛反撃を受けて、その日のうちに全滅した。

ロシア軍は、その翌日、地上軍を派遣して一時的な制圧に成功したが、結局は撃退された。空港制圧の失敗は、その後のロシア軍の侵攻作戦の足枷となり、空挺軍にとっては、トラウマとなった。

「さっき、飛行機のエンジン音が聞こえなかったか？」

「日本の哨戒機だろう。降りてきたとは思えないから、たぶん上空から見張っているんだろうが、接近するとも思えない。エルメンドルフからは、そろそろ誘導爆弾を搭載した戦闘機が飛び立つ頃だ。戦闘機がアタックに着く前に終わらせたいな。迫撃砲小隊を急がせよう！　敵をびびらせて、さっさと白旗を揚げさせる。日没前には、全て綺麗に片付ける。ゲセフ大佐を笑顔で出迎えられるぞ」

「ホストーメリ空港に降り立った時の……、指揮官の台詞みたいだな」

「縁起の悪いことを言うな。米本土からここまで離れた孤島のために、米兵が死体の山を築き、命懸けで戦うと思うか？」

霧が少し濃くなったせいで、迷子を避けるため、道なりに走った。銃を両手に構えて、小走りに前進したが、敵が応戦してくる気配はなかった。ほんの三〇分で、何かの施設があったらしい廃墟跡に着いた。標高は一二〇メートル。この南側にも小高い丘があるので、霧が晴れても滑走路は見えない。

もし、敵と激しい交戦状態に陥るようなら、ここに指揮所を設ける予定になっていた。だが、その必要は無さそうだ。

ダチュク中佐は、立ち止まることなく部隊に前進を命じた。ウクライナの戦場を知らない新兵同様の空挺兵たちは、先を争って走っている。まるで一番乗りを競うかのように。

ウクライナで戦った経験を持つ兵士らは、それをにやついた顔で見送っていた。どうぞ、先に行ってくれと。

原田三佐とハント中尉が司令官室で協議していると、副司令官のランドン・ロジャース海軍少佐が固定電話の子機を持って入ってきた。

「ロシア人を名乗る男からです。空港の代表電話に掛かってきました。名乗りません。たぶん国際電話だと思いますが、降伏を要求しています。降伏する気が無ければ、速やかに空港エリアから退去せよ、間もなく攻撃が始まると」

「答えは一つだ。ニエット！　ニエット！　ニエット！　と言って切れ——」

　ベイカー中佐は、そのまま子機に聞こえそうな声で三回繰り返した。ロジャース少佐も、律儀に三度「ニエット！」を繰り返して電話を切った。

　しばらくすると、遠くで爆発音がした。滑走路の北側だった。続いて、爆発音が連続した。基地施設を狙っているわけではなさそうだった。

「なぜ施設を狙わないんだ？……」

　中佐は双眼鏡を持ってその着弾地点を観察した。霧で良く見えないが、そんなに大きな爆発ではなさそうだった。

「射程が足りないのではないですか？」とロジャーズ少佐が真面目くさって答えた。

「発砲音が聞こえていいはずだが変だ」

「発砲音が聞こえないな……」

　とハント中尉が原田に告げた。原田は、ここからシアトルの待田を呼び出し、音響センサーの分析で何かわかるか？　と尋ねた。

「音響センサーでは、発砲音を捉えているそうです。発射位置は、ここから恐らく一マイル未満だそうです」

　と原田が報告した。

「その距離で迫撃砲を撃って、ここを狙わないのは、意図的なのか？　120ミリRTや、80ミリ迫撃砲ではなさそうだが？」

「助かったな……」

　とハント中尉がほっとした顔で言った。

「ものは恐らく、コマンド迫撃砲と呼ばれるタイプで、ずばり言えば、ジョージア製のGNM-60〝ムクドロ〟でしょう。射程距離は短い。せいぜい六〇〇ヤードです。ムクドロとは、ジョージア語で、小さい、小さな、を意味する。ノイズレスハンド砲として売られている商品です。発射音は静かで、地面に立てて手持ちで撃つ。だから、精度は出ません。着弾修正もできない」

「六〇ミリは、六〇ミリだろう？　手榴弾でも人は死ぬぞ」

「しかし、80ミリでもない。そこは重要です。空挺兵も、ドローンを持ち歩くようになって、荷物を減らす必要がある。コマンド迫撃砲と言っても、それなりの重量になり、三人掛かりでの作業を強いられるが、このムクドロは一人でも操作できる。面制圧を狙うような兵器ではなく、あくまでも脅しです。たぶん、その砲弾は、ドローンでも落とせるはずだ」

砲撃は、三斉射で終わった。

滑走路の向こうに、爆発による土煙が何本か上がっていたが、滑走路自体に損害はなさそうだった。

「着弾音は、二〇回に欠けた。発射基は六基でしょう」

「もし弾頭がエアバースト弾の類いだと、塹壕戦で不利になる」

と原田がハント中尉に向けて言った。

「ええ。われわれが塹壕戦をやる羽目になったらね。しかし、この平野部だと、その迫撃砲のレンジを超える距離で撃ち合うことになる。空からの援護が無くともどうにかなるでしょう。戦場の霧という不確定要素さえなければ」

「ああ、見えた！——。くるぞ」

双眼鏡を覗いていたベイカー中佐が、滑走路の向こうに注意を促した。所々、霧が晴れた所を、完全武装のロシア兵が向かって来る。

「滑走路外側を走るヒルサイド通りに先鋒が掛かってきた。走っているぞ、奴ら……。ランドン、君は、海岸線の守りを指揮してくれ。敵のボートを発見しても応戦はするな。ウォーキートーキーで連絡するだけで良いと」

「了解です。ご無事で——」

一瞬、一気に霧が晴れた。滑走路より土地が高い斜面を駆け下りてくるせいで、まるでイナゴの大群が襲ってくるように見えた。

「少佐殿の狙撃手はどこに陣取ったのですか？」

「メインロード北側の一〇〇フィートほどの丘の上。だから、滑走路東側は忘れて良い。うちが対処します。中央付近で、敵が小川を渡って滑走路内に侵入するまで待ちましょう。この霧では仕方無い」

原田は、全部隊に、応戦準備を命じた。ただし、まだ撃つなと。

「少佐殿の部隊は、分隊支援火器として、FNのEVOLYSをお使いなのですね。いかがですか？」

とハント中尉が窓の外を見ながら訪ねた。

「はい。自分らはもっぱら五・五六ミリで使っているが、長年、ミニミを使っていたことを思えば、七〇年前の車から、最新のハイブリッド車に乗り換えたようなものですね。全然違いますよ。米陸軍は、六・八ミリ口径のXM250を採用したばかりですが、どんな感じですか？」

「軽いし、弾の威力も良い。五・五六か、七・六二ミリかと迷わずに済む。ただ、弾の共通化が出来ないのが問題ですね。アサルトがその口径を使うXM5に切り替わるには、まだまだ時間が掛かるだろうし。ただ、海兵隊のM27があまり評判が良く無かったので、その反省は、XM250に活かせていると思います」

「済まない！　二人とも。その、専門的な鉄砲の話も結構だが、どうして誰も撃たないんだ？」

とベイカー中佐が焦った声で聞いた。

先頭を走る兵士が、ついに滑走路を横切ってくる。だが銃は構えていない。両腕に抱いた状態だ。

「了解です——」

原田も、MANETを通じての無線で全員に呼びかけた。

「オールハンド、こちらハンター。米軍の発砲に続いての発砲を許可する」

ハント中尉は、仲間であり狙撃兵のマシュー・ライス上等兵曹を呼び出した。

「ヒッカム・ワンからツー。ゴーだ！　一発で当てろよ」

小川を渡り、滑走路脇の路面に顔を出した兵士が突然もんどり打って後ろへと斃れた。それに続いてくぐもった発砲音が聞こえる。

続いてすぐ、その前方、滑走路を渡り切ったばかりの兵士が狙撃されて斃れた。原田小隊は、一斉に射撃を開始した。

だが、原田小隊の射撃には一定のリズムがあった。数秒間撃っては休み、数秒間撃っては休む。それを数名ずつで交替する。何十秒も射撃が続いているように思えるが、実際に撃っているのは数名で、それは、狙撃の音とマズルフラッシュを攪乱するためだった。

丘の上に陣取った田口&比嘉組は、視界の手前から一人、また一人と狙撃していく。敵が、狙撃だ！　と気付く前に撃つのだ。

その狙撃に、ネイビー・シールズのライス軍曹も参加した。最初の三〇秒で、八人のロシア兵がバタバタと倒れた。彼らには、応戦する暇はもとより、その場に伏せる余裕も無かった。

小川が近い兵士たちは、塹壕代わりに引き返してそこに飛び込んだ。斜面を駆け下っていた兵士たちは、慌てて霧の中へと引き返した。

飛行場反対側にある発電施設横の丘に潜むライス軍曹が、マクミランのTAC338で、最後の一人を背中から狙撃した。

情け容赦ない射撃だった。

六〇秒後には、無事な敵兵は一人残らず霧の向こうへと引き揚げていった。空挺兵の全員が、それなりの防弾プレートを装備していたが、338ラプア弾の前には無力だった。生きて、まだ動いている兵士もいるにはいたが、双方ともに助けることは出来なかった。そこは滑走路上なのだ。

「こちらガル。ドローンが飛んでくるぞ」

「ハンター、了解――。高度は？」

「三〇〇メートルはある。ショットガンでは無理だ」

「了解。スリンガーで迎撃する。ハンターより、オリンピア。スリンガーを出してドローンを叩き墜せ！」

原田は、甘利に迎撃を命じた。

「ところで少佐殿、その〝ハンター〟というコールサインですが……」

「ああ、これは、狩りのハンターじゃなく、ニューヨーク州のハンター山から取った。私のボスは今回、デナリを名乗っている」

陸軍兵舎跡に隠れていたハウケイが僅かに前進し、スリンガー防空システムが作動して、ほんの三発、エアバースト弾を上空へ向けて発射した。雲の中へと弾は消えていった。

滑走路の向こうへ、リチウムイオン電池を燃やしながらドローンが墜落していくのが見えた。だが、墜落直前のドローンにマズル・フラッシュを目撃されたことは間違い無いので、ハウケイは、ただちに場所を移動した。

「エアバースト弾なら、あの小川に逃げ込んだ敵も一掃できますよね？」

と中尉が尋ねた。

「対人攻撃は駄目だそうです。人道上いろいろあるようで。あれを対人攻撃に使わずに済ませられるよう、有利に展開させましょう。そもそも、塹

壕の上で弾幕を展開できるほどの弾は持参してない。三〇ミリ口径弾はでかい」

「今度は、電話は掛かってこないみたいだな。降伏を勧告してやったのに」

とベイカー中佐がどや顔でいった。第一戦は、こちらの圧勝だったが、ハント中尉が思い描いていた作戦とは違った。

彼の作戦では、視界が得られた中で、四、五〇人は緒戦で倒せるつもりでいた。この霧は、自分らより、敵に幸いするだろうことは間違い無かった。

ダチュク中佐は、稜線の手前で腹ばいになり、双眼鏡で下界を眺めた。また霧が出て来て、滑走路上を覆い隠す。負傷兵が何名か、小川の底で助けを求めていたが、霧が出てくればどうにかなるだろう。

「アンドレイ、私は、突撃とか命じてないよな?」

「ああ、止めもしなかったがな。敵もバカじゃない。ネイビー・シールズの狙撃兵もいるだろうし」

「どうする? 大佐の部隊の到着を待つしかないが、そこからの行動だと、日没を迎えるし、戦闘機も飛んでくるし、状況はかなり難しくなるぞ」

「そこはやむを得ないな。だが、もう少し町に肉薄しないことには、誘導爆弾が降ってくる。まず部隊の半分を東側の海岸線へと回り込ませよう。それなりに起伏があって、狙撃向きじゃない。残りは、飛行場端へと続く小川を塹壕代わりに前進させよう。そこまでやっておけば、大佐の部隊が到着した時に、選択肢が増える」

「それが良いだろう。ホストーメリ空港の再現だけは避けなきゃならんぞ。皆、左右に散って、小川に入れ! あれは全て滑走路周辺に続いている。塹壕代わりに利用して接近し、次の霧を待つぞ！」

飛行場東側に建つ空港関連施設さえ占拠すれば、敵は白旗を掲げるだろうし、爆撃も阻止できるだろう。今はまだ敵に地の利があるが、この霧は、ロシアに味方しているようだった。

バラクーダ・ネットの下で、ベラ・ウエスト中尉は、皆とは反対側の島の南西側を監視していた。自分の機体を撃墜した狙撃兵は、必ずここに現れると思ったからだ。

「今の見ましたか？　霧の中でドローンを叩き墜した。光学センサーだけじゃありませんね。たぶん簡易レーダーも装備している。あの小さな車両で」

モンキーが敵兵が斃れた辺りを双眼鏡で覗きながら言った。だが、霧が一瞬で戻ってきたせいで、その光景は早々と見えなくなった。

「連射は無かったな。ほんの一、二発撃っただけだろう。となると、ものはエアバースト弾で、レーダー装備。オージーのスリンガーだな。ウクライナに提供されて実戦で鍛えられた。デルタも買うんじゃないか？」

隊長のアイザック・ミルバーン中佐は、銃撃戦が収まると、東側から西へと場所を移動し、ネットの隙間に指を入れ、一度空を見遣ってから、ウエスト中尉の隣に立った。

「ところで中尉。アメリカの四軍には、飛行停止命令が出ていたはずだ。とりわけ武装した機体には。輸送機や空中給油機は除外されているらしいが、君たちも本当は飛んではいけなかったのだろう？」

「ええ。後日、問題になるでしょうね。ただし、アラスカ軍の方針というか、そこは柔軟に解釈すべしという命令もあって、さすがにエルメンドルフからステルス戦闘機を飛ばすとなるといろいろ問題が大きくなるでしょうが。うちの部隊はまた別です。そもそもナイト・ストーカーズの武装へリは、作戦行動中、いかなるトランスポンダも発しない。国防総省のスクリーンにも表示されないから、飛んでいないことにも出来る」

「とはいえ、君ら、こんなに霧が深い島を毎日飛んでいたのか？　正気とは思えないな」

「航法装置の進化のお陰ですね。GPS航法さえ動いていれば、真っ暗闇でも山肌を縫って飛べる。暗視装置が無くとも。人間はそこまで機械を信頼できないから、さすがに霧に支配された暗闇の中では飛ばないことにしてますけど。空間識失調の危険はあるし。曇天程度なら、夜間でもパトロールはします。中佐は、トランプ政権に嫌気が差して軍をお辞めなったんですよね？」

「どうしてそう思うね？」

「貴方は部隊を率いて、いざとなったら、部下が死ぬことがわかっている命令も下す立場にある。最高指揮官の資質を問うのは当然でしょう？　私のような、まだ軍歴も浅い人間でもそういうことは気にします。トランプのために死ねるかと」

「議会議事堂襲撃はショックだったね。それに動こうとしなかった軍は立派だったと思ったよ。だが、部隊を率いる立場として、この国の司法制度が機能していない状況に絶望したことは事実だ。金持ちはいつも罪を逃れられるのに、われわれはそうじゃない。

　ところで、私の仲間たちの党派性も様々だ。ウルフは東洋人だが、共和党支持。モンキーは最近、共和党に鞍替えした。だろう？」

「はい。民主党の左旋回は急ぎすぎです。黒人は従来ずっと民主党支持でしたが、自分はトランプは支持しないが、もう民主党には愛想が尽きました」

「ムースとタイガーは今の所支持政党無しで、大統領選挙にも行かなかったんだよな？　という所で、現状、うちでは民主党の旗色が良くない。だが、君のお父上は共和党だから、ここでは問題にならないか」

「〝99パーセント〟は、議会政治を呪っている。彼らにとっては民主共和もないでしょう」

「バトラーという男は、何でも解決してくれるのかね？」

「私は、ただのモンロー主義者だろうという以上の感想はありません。支持できないわ。世界中が、ロシアと中国が主導する全体主義陣営に支配された後、われわれはどうやって北米大陸に立て籠もって暮らせるのですか……」

「中尉、もう少し左右にも注意を払った方が良いな。９時方向、さっきから人間が一人歩いてくるぞ？　狙撃兵ではなさそうだが……」

ウエスト中尉は立ち位置を変えてそらちを見遣った。

「どういうことなのでしょうね？　あの人は自衛隊部隊の部隊長らしいのに、なんで単独行動しているのか」

陽は西に沈みかけている。霧のせいで時間の感覚も怪しくなるが、この北の島にもようやく日没が近付いている。その暗く落ち込む地上を背景に、一人の女性が歩いてくる。

辺りが暗いせいで、着ている服の色まで判別できないが、フライトスーツのようなものを着ているようだった。ザックも何もない。手ぶらのようだった。

その人物というか女性は、そこから南へと大回りし、敵とは反対方向からバンカーに入ってきた。

「ご免なさいね。道に迷ってしまって。お水を一杯頂戴できるかしら？　それなりに長い距離を歩いて喉がからからよ。この島、夏なのに寒いわね……」

陸上自衛隊水機団北京語講師兼格闘技教官の司馬光一佐は、積み上げられた弾薬ケースの上に腰を下ろした。

「お話は伺っていました。年齢不詳に見える大佐殿が現れたら道案内してほしい。護衛は要らないからと」

「年齢不詳は失礼よね。せめてエイジレス・ビューティ（美魔女）くらい言ってもらいたいわ」

ミルバーン中佐は面白そうな顔で、エナジーゼリーを差し出した。

「あら、良い男なのね」

「大佐殿、あちこち血糊のようなものが見えますが、お怪我なさっているのですか？」

とウエスト中尉が心配げな顔で聞いた。

「いえ。これは、ちょっとロシア人に挨拶した時の返り血です。で、戦況はどうなのかしら？　中尉さん」

「緒戦はさっき撃退しました。威力偵察だったようですが、こちらの戦力も知らずに滑走路を渡ろうとして痛い目に遭わせてやりました。ドローンも上がりましたが、一機は撃墜しました。大佐殿の部隊なのですか？」

「いえ。もうあの部隊を離れて大分経つわね。隊員の半分とは長い付き合いだけど。みんな、私の奴隷みたいなものですから。それで作戦は？」

と司馬は中佐に聞いた。

「敵は、いわゆるニーモーターで威嚇攻撃してきましたが、命中率は相当に酷い。あれ以上の迫撃砲が出て来なければ、敵が飛行場北側の小川を塹壕代わりに利用して布陣し、一部が東西に迂回して町へ雪崩れ込む前に、誘導爆弾で決着が付くでしょう。霧さえなければね。雲が出ても誘導爆弾の投下は可能ですが、敵が滑走路に近付き過ぎると、それも困難になります」

「断言するけれど、うちの空軍は、そんなことはしないいんじゃないかしら。部隊の半数が戦死した後ならともかく」

「米本土では、暴徒相手に、自衛隊の輸送機から誘導ミサイルを撃ち込んだみたいな話も聞きましたが？」

と中尉が口を挟んだ。

「さあ、聞いてないわね。それはまあ、米国内での問題ですから。対露となると、うちはいろいろと腰が引けるから。さて、真っ暗闇になる前に仲間と合流しないと。貴方たち、ここを死守するつもりじゃないでしょうね？」

「いいえ、そういう状況になったら、下から援軍が上がってきてくれるつもりでいます」

「つもり？　ちゃんとした作戦ではないの？」

「われわれは、自衛隊が到着する前に動き出したので、その辺りの調整をまだ行っていません。大佐殿にお願いしてよろしいですか？」

「それは良いけれど、たぶん中隊規模の部隊が、ここを抜いて町へ殺到しようとするわよ？　一発ぶっ放したら、敵が反撃してくる前に、さっさと撤収することを提案したいわ。六〇ミリのニーモーターでも、運悪く直撃したら全員お終いよ」

「ええ。それも考えています」

とミルバーン中佐はあっさりと応じた。

司馬は、マグライトを一本借りてバンカーを出ると、また敵の視界から外れて南側へといったん降りて町へと降りる道路に乗った。

「せめて一時間くらい、ここで持久するのではないのですか？」

ウエスト中尉は、中佐に質した。もう少し粘るのだと思っていた。

「ここを突破しなければ、南回りで町に入るのは無理だ。さらに大回りする羽目になる。だから、敵はそれなりの犠牲を覚悟で迫ってくることになる。一時間粘るつもりで戦ったら、脱出の機会を逃すことだろう。中尉の安全も大事だし、もちろん仲間の安全も大事だ。さっきの戦いでわかったが、ロシア軍は相変わらず兵隊の命を大事にしないらしい。われわれがここに陣取ったのは、自衛隊のあの戦闘力を知る前だった。彼らが頼れるなら、ここでの時間稼ぎは最小でも良い。この砦で阻止することを有効だと自衛隊が考えるようなら、下から部隊が上がってくるだろう。入れ替えでも構わない。ネイビー・シールズは、港の対岸にも陣取っているし。あの陣地、ハマーヘッド・ピークと呼んでたよな。他の戦い方もできるだろう。われわれが、あそこまで下がっても良いし」

ついに、アダック島に夜が訪れた。数時間ですぐ明るくなるが、敵はこの暗闇を利用してまた一気に仕掛けてくることだろう。

西山がローンを組んでスウィートウォーターに買ったばかりの家は、竜巻で吹き飛んだ。屋根が飛ばされ、崩れた壁からは、連続殺人事件の死体まで出て来た。

唯一無事だったのは、竜巻から逃れるために庭に掘られた地下室の荷物だけだった。テキサス州は、何かと自然災害の多い州なので、備蓄食料の類いはいくらか用意していた。ネットで買った日本のパック米もその一つで、段ボール箱ごと車に乗せた。

本来はレンジでチンして食べるべき代物だが、それをリゾットとしてスープの中に放り込んだ。アメリカ人が撃ち殺したミシシッピ・アリゲーターの肉も一緒に煮ろと言ってきたが、丁重に断った。ワニ肉は食べたことがある。ほとんど、鳥のささ身と同じで、鳥とワニのルーツは同じだということを理解出来る。

　彼らは、そのワニ肉をキャンプファイアの火で炙ってバーベキューにして食べていた。

　西山も串を一本貰って食べたが、塩を振って食べれば、全然オーケーな味だ。日本の夏祭りの夜店で出てもおかしくない味だった。

　千代丸にも食べさせようとしたが、どんな寄生虫がいるかわからないからとソユンに止められた。

　寝る暇はなかった。千代丸とソユンを車に残し、西山はかまどに陣取り、幌馬車隊の有志らが持ち寄った鍋で、次から次へとリゾットを作り続けた。

　パック米はいったん開封すると、この季節に長期保存するには向かなかったので、しかしパックのまま、分けたりもした。半年かそこいらは食べられるだろう。

　無心のまま、世間話もせずに、ペットボトルの水で寡黙に鍋を煮続けた。味付けは、チキン・スープの粉や、とにかく、ありとあらゆる味が付いたものを試した。仕舞いには、スナックのポテトまで入れてみた。強烈な味だったが、十分に食べられた。ただし、ポテト・チップスの形はなくなったが。

　異変が起こったのは、もう夜明け間近のことだった。かまどがあるところから一〇〇メートルほど離れた、運河沿いのキャンプファイアでだった。突然、銃声が鳴り響き、女性の悲鳴が上がった。銃声は、たぶん二発か三発だったように西山は感じた。

　キャンプファイアを囲んでいた者たちが、蜘蛛の子を散らすように逃げようとしたが、暗闇の中で更に発砲する何者かによって制せられ、身動きが取れなくなった。

しばらく、言い争う様な声が聞こえた。キャンプファイアを管理する者がいなくなり、勢いよく燃えて周囲を照らしていた炎がだんだんと小さくなる。

西山は、腰を屈め、車の陰から様子を窺った。草むらに誰かが倒れていた。息はあって呻いている。

いつの間にか、メンバーではない者たちがそこにいた。武装した四人の男たちが銃を構えている。あちこちに見張りを立てていたはずだが、ここは何しろ広い。どこかから忍び込んだのだろう。「フーズ！　フーズ！」と聞こえるので、食料を遣せということらしい。

両手を高く掲げたドミニク・ジョーダン氏が、「撃つな！　撃つな！」と交渉している。食料はくれてやる、と言っているらしい。

他のグループのピックアップ・トラックを呼び、その荷台に積めるだけの荷物を積めと命じられていた。

怪しい真似が出来ないよう、賊の一人が、西山の前を走っていた車のご夫人を人質にして銃口を脇腹に突き付けている。

あの銃口はやっかいだな、と西山は思った。へたすると引き金を引かせる羽目になる。

キャンプファイアの火が更に小さくなり、今にも消えそうだった。枯れ木は大凡燃え尽き、今は生木も燃やしていた。まともに燃える脂分が多い木は、かまどの方に融通してもらっていた。かまど担当と、キャンプファイア担当のグループが出来ていた。

「十七歳の少年に戻るんだ……」

西山は、自分に言い聞かせた。あのインターハイ出場を懸けた一戦に……。そして、竹刀を振り下ろすイメージを思い描いた。何パターンも。

西山は、さらに炎が小さくなる瞬間を待った。ケツに突っ込んだすりこぎは、長さはまったく不十分だが、問題は長さじゃない。それはわかり切っている。あの時もそうだった。踏み込みのタイミングと勢いだ。それが決定的に足りてなかった。だから、あいつの面に負けたのだ！

すりこぎを右手に出し、まず伏兵を探した。こういう時、戦場では、伏兵がどこかに潜んでいて、敵がボロを出す瞬間に備えているはずだ。だがその姿は見えない。そこまで頭が回る相手ではなさそうだ。それに、炎が小さくなるせいで、見える範囲もどんどん狭まっている。

西山は、すりこぎの紐を手首に通し、車伝いに腰を屈めて動いた。大回りに、その火の横へと移動した。男の一人がついに、「火を大きくしろ！燃やせ！」と命じた。

「もう枯れ木がない。燃料をぶっ掛けるしかないぞ」とジョーダン氏が言っていた。たぶんそういう主旨のことを言ったのだと理解した。双方ともに酷い南部訛りで、脳内で日本語変換するしかなかった。「ならさっさとそうしろ！」という主旨のことを賊が発言していた。

その瞬間、敵味方双方の注意力が削がれた。何人かが、一斉に動いたことで、側面から接近した西山の姿に誰も気づけなかった。

西山は、五メートルほどの距離から一気に踏み込んだ。まずご夫人の脇腹に銃口を当てている手首に小手を喰らわせ、そのまま側面から喉を突き、二人目、面で頭を二回叩き、三人目が振り返った瞬間、ライフル銃を叩き落とし、面で顔面パンチ。最後の四人目、西山は、「キェー！」と奇声を発しながら、襲いかかった。相手がその大声に固まっている隙に、容赦無く小手、面を二回、更に倒れかかる相手に、反則技の蹴りを入れて吹き飛ばした。

全ては、一瞬で終わった。アメリカ人たちが、瞬きする瞬間で決着した。ジョーダン氏が、起こったことを理解した時には、四人の賊は、草むらで全員伸びていた。

辛うじて、ライフル銃を落とされて顔面パンチで済んだ男だけが、顔面を覆いながら呻いている状況だった。鼻が折れ、たぶん目玉が一個陥没していた。全員が、よくて脳しんとう、頭部陥没でもおかしくない衝撃を受けていた。

西山は、そこでようやく立ち止まり、ふー！と大きく息を吸い込んだ。しばらくして、やっと全員が、その状況を理解した。

「銃を奪え！　みんな銃を奪え！　あと、周囲を警戒しろ。まだ仲間がいるぞ」

ほとんど消えかかった火の前で、ジョーダン氏が驚いた顔で、「ジャパニーズ！　あんた何者だ？」と問うた。

「アイム・ノット・サムライ。アイアム・コック！――」

西山は、血糊がべったり付いて滴り落ちるすりこぎを右手に、昔散々使ったギャグで応じた。

周囲が騒がしくなる。撃たれた仲間の一人は、もう息は無かった。まず賊の四人を縛り上げた。目隠しした上で両手両足を縛った。生きているのか死んでいるのか、意識がない者もいる。

叩き落とされたライフル銃は、ライフルのボルトハンドルが見事に折れていた。ついでに、そいつの拳も砕けていた。

車で囲んだ中にひとまず四人を転がした。他の幌馬車隊のメンバーだったが、見せしめで一人殺されたのだ。たぶんこのままでは済まないだろう。ここはアメリカだ。即決裁判で、奴らの処刑が決まることになる。

千代丸を抱いたソユンがやっと現れると、ジョーダン氏は興奮した様子で、身振り手振りで説明した。「サムライ！　サムライ！　カタナ——」と大げさなワードが繰り返し出て来た。

「あんた、鉄砲持った四人も相手に何やってんのよ！　テコンドーみたいな真似を——」

「テコンドーじゃない。剣道だ！　オリンピック種目にはないがな。日本の警官はこれで暴徒と戦うんだぞ。警棒とたいして長さは変わらない。本音を言えば、もう六〇センチは欲しかったが。これが本物の竹刀なら、倍の太刀を当てて倒していた」

「相手、鉄砲よ？——」

「県大会では、小手の西山と恐れられた。インターハイに出られなかったのは、俺の十代最大のトラウマだった」

ジョーダン氏が、改めて握手を求め、深々とお辞儀した。そこからは、ソユンが通訳した。

「奴ら、見張りを迂回してボートで上陸したらしいわ。最初に人質を取られ、見せしめに一人殺されてから、身動きが取れなくなった。思考がフリーズして、何もできなかった。貴方のルーツはサムライなのか？　と聞いているわよ？」

「うちのルーツは確か大工だったと思うぞ。日本式フェンシングの有段者だと教えてやれ。ただし、二度もは無理だぞと」

「とにかく！　子供がいるんですから、こんな無茶は二度としないで。アメリカ人の前でええ格好したからって、私らマイノリティには何の得もないのよ？」

「そうじゃない。名誉の問題だぞ。男にはそういうのが大事だろう」

ジョーダン氏が、その険しい夫婦のやりとりに介入してソユンを宥めた。ソユンが早口の英語で食ってかかるので、今度は西山がソユンを宥めた。

「とにかく！　奥さん。われわれは救われました。旦那さんのお陰です。間もなく夜明けなので、今回のような奇襲はもう起きないでしょう。敵の出方は心配だが、尋問して情報も聞き出すし、更に警戒もします。どうか怒らずに、旦那さんを誇りに思って下さい。さすがはサムライ、日本人です！」

「私は韓国人よ！——」

　東の空がうっすらと明るくなってくる。幌馬車隊はこんな所に閉じ込められたままだが、今日、明るい内に脱出して、バトンルージュから更に南へ下り、ニューオリンズへと到達できれば良いが、と西山は思った。

　テキサス州知事が、隣接州の治安回復に関して、あれこれ発表したらしいが、この状況では先が思いやられた。

第三章　栄光の翼作戦

シアトル・タコマ国際空港サウス・サテライトのアライバル・デッキには、作戦に参加するカナダ国防軍、陸上自衛隊水陸機動団の第2連隊、第3連隊、ここ数日、シアトルの治安維持に当たっていた警官や州兵予備軍の残存兵力の指揮官らが集まっていた。

総兵力は三千名を超えるが、ダウンタウンを占拠して暴れ回っている〝99パーセント〟、あるいは〝細胞（セル）〟の総員は、その一〇倍を遥かに超えるものと予測された。

外務省シアトル総領事館勤務の土門恵理子二等書記官が、障がい者を乗せるためのカートの荷台に乗り、ハンドマイクで英語で話し始めた。小隊長クラスの数十名が、そこで地図のコピーを貰っていた。エリアの割り当てや、無線でやりとりするための簡単な符号が書かれたペーパーもコピーされた。

「皆さん。ペーパーは漏れなく貰って下さい。敵に渡ってもさほどの危険はありませんが、取り扱いには注意するよう。それで、ここから先の地理、地勢に関して、若干、説明をします――。

ここシアトル空港から、市庁舎、各国大使館があるダウンタウンまで、凡そ二〇キロ、十二マイルです。ここを出てしばらくは安全です。最初の一〇キロ、六マイルにも、襲撃すべきポイントが何カ所かありますが、それは後ほど説明します。この北にある、キング郡国際空港、いわゆるボーイング・フィールドですが、ここも安全です。ここは、混乱発生直後、避難民が殺到して占拠されましたが、彼らは彼らで、自警団を編成し、空港に立て籠もって守っています。〝セル〟は、彼らと何度か衝突したが、駆逐しようとはしなかった。なのでここはスルーして構いません。作戦開始と同時に、地元当局も、これから掃討作戦を行うことを、彼らに説明することになります。

そして、ユニオン・パシフィック鉄道の線路が走る東側、結構なお値段の高級住宅街が続きます。ここは早い時期に荒らされ、それぞれに居座った人々がいますが、セルとは若干、性格が違う集団で、武装度も低い。ここも無視して構いませんが、念のため、地元のボランティア・グループ有志が、消防車で巡回します。武装したボランティアを伴って。

皆さんが下車して前進するのは、ユニオン・パシフィック鉄道の車両基地手前からです。もともと、ここに止められた貨車に、避難民の一部が居座っていたのですが、今はセルが阻止線を張っています。恐らくフィフティ・キャリバーをずらりと並べ、自爆ドローンも用意しているはずです。ここから、操車場の南端まで凡そ七マイルですね」

ワシントン州兵として参加するカルロス・コスポーザ陸軍予備役少佐が右手を挙げた。彼は武器は持っているが、消防隊員としての参加だった。ヤキマでは、いろいろ無理を言って自衛隊をきりきり舞いさせてくれた。

「エリコ。そこまでの七マイルが、ほぼ安全だという根拠はあるのかね？」

「はい、少佐殿。あります。後ほど、自衛隊から説明させます。それで、ここが最初の激戦地になるでしょう。われわれ自衛隊が血路を開いて前進します。ここを突破すれば、敵が立て籠もるエリアは、幅二キロ、一マイル少々のビル街になります。東側の住宅街を挟んでワシントン湖まで両翼を広げると四キロ、三マイル足らずの幅になりますが、ここで、われわれ全員が、両翼を広げて、掃討線を一列に張り、徐々に北へと押しあげることになります。ユニオン湖まで到達すれば、あとは、運河と住宅街なので、そこで作戦の初期段階は完了です。敵の出方を見て、その後の作戦を立てることになるでしょう」

「地理というより、作戦の話だぞ、それは——」

とコスポーザが突っ込んだ。隣には、ともにヤキマで戦ったアルコール・タバコ・火器及び爆発物取締局（ATF）のナンシー・パラトク捜査官もいて微笑んでいた。

ワシントン州の法執行機関も総掛かりで参加しての治安回復作戦だった。

「ええ。すみません。では、陸上自衛隊の指揮官より、皆様が安心できるようなお話をしてもらいます」

娘は、電動カートを降り、父親がそこに上った。

「高い所から失礼する。私は、北米派遣統合司令官の土門だ。まず、みんな疲れているだろうし、眠いだろうが、何より、死傷者を出したカナダ国防軍の犠牲に感謝とご冥福を表明したい。だが、シアトルの治安回復は急務であり、それはひいては、アメリカ全土の治安回復の鍵にもなる。

それで、自衛隊からの装備提供が間に合ったのは何よりだ。カナダ軍に提供された歩兵用の暗視装置は、お世辞にも新しくはないことをお詫びする。だが、倉庫で眠っていたものを持参したわけではない。それはわが正規部隊の立派な標準装備だ。無線機は、民生用なので、たいした性能はないが、デジタル無線機なので、一応の秘話通信が可能だ。

それで、皆、確信が持てないだろうが、操車場に至るまでの安全性はどう確認したのか？　まず、われわれが、この隣の巨大駐車場ビルを誘導ミサイルで崩落させたことで、われわれが本気だということが敵に伝わっている。だから、空港の周辺に屯している敵はほぼいない。ただし、われわれが出撃した後、背後から襲撃するつもりの部隊が、あちこちに潜んでいることが確認できている。それへの対処は自衛隊が受け持つ。

われわれは今朝明け方から、切れ目無く偵察用のドローンを飛ばしている。空港周辺から、ダウンタウンまでまんべんなく偵察している。その優れたカメラは、個人の動きを追跡できる。この機能は、ドローンの開発製造メーカーが偵察機に付与したものではなく、民間軍事会社というか、警備会社のサービスとして提供されているものだ。つまりデータ・サイエンスに基づくソフトウエア・サービスだ。リアルタイムで衛星にアップリンクされた監視映像は、ヨーロッパのどこか、あるいは日本のどこかの巨大なデータセンターに蓄えられ、AIが網羅的な分析を行う。たとえば、住宅街の入り口で行ったり来たりを繰り返す集団がいたとする。AIはこれを、自警団と判断して、低リスク評価する。逆に、都市部で、小さな倉庫に出入りを繰り返す集団がいて、しかも入った人数と出てくる人間の数が合わなかったりすると、AIはこれを高リスク評価する。

ドローンはさらに接近し、ズームし、窓の奥に、アサルトを構えた男たちの姿を確認することになる。人間が行えば、専門的な訓練を受けた分析官が数時間かかるようなそういう細かな評価を、数秒でやってのけ、マップの上にリスク評価の輝点を描き込んでいくわけだ。前夜、シアトル空港への移動時も、そのＡＩで、われわれの部隊は事前に敵が潜んでいる場所を特定できた。そのサーベイランスによると、操車場付近までは、敵の伏兵が何カ所かに潜んでいるだけだ。盗賊その他はいるが、集団で襲ってくる可能性のある敵はいないことがわかっている。完璧かどうかはわからないから、背中にも眼は必要だろうし、ギリースーツの類いを着て密かに移動する狙撃兵を確実に発見追跡できるわけではない。そこは、頼りすぎないことが大事だが……。では、私からは以上だ」

土門は最後に、「これ、作戦名とかあったのか？」と娘に問うた。

「あります！　オペレーション〝グローリー・ウイングス〟。シアトルの偉大な翼を復活させるための、栄光の翼作戦です！」

「では、諸君、オペレーション・グローリー・ウイングス。ここシアトルから、再びボーイングの旅客機を飛ばそう！　解散――」

土門が敬礼してカートを降りると、小隊長らは一斉に外へと向かった。

カナダ国防軍・統合作戦司令部（ＣＪＯＣ）から連絡将校として派遣されているアイコ・ルグラン陸軍少佐が「いろいろ、感謝申し上げます、将軍。暗視ゴーグルだけでも、昨夜とは違った戦闘が出来ます」と謝意を述べた。

「せめて兵員分提供できれば良かったのだが、うちの歩兵部隊も貧乏でね。作戦としては、カナダ軍に負担を掛けないよう前進できる予定でいる。いざとなれば、誘導ミサイルもぶち込むし。ブラック・オスプレイやキャリバーＣＨを投入して空からの掃討もする。少佐は前に出ないでくれよ。

ここでスキャン・イーグルの絵を見て、的確な指示を出してくれ。いざという時、われわれにフランス語辞典なんて引いている暇は無いからね」

「了解です」

土門が、水機団指揮所に陣取る第3水陸機動連隊連隊長の後藤正典一佐を呼び止めた。ここの連隊指揮所が、事実上、全部隊の指揮所を兼ねていた。

「後藤さん、第2連隊も参加する作戦なのに、水機団長はどこにいるの？　まだヤキマ？」

「いえ。聞いてらっしゃいませんか？　水機団長は、アラスカのエルメンドルフへと移動しました。水機団指揮所とともに」

「聞いてないよ？　なんで？」

「さあ……。自分はそう聞かされただけで、理由までは。アダック島情勢に備えてのことではないのですか？」

「なら私にも一報があるはずだが……」

シアトル総領事の一条実弥が、「陸将補、ちょっとお話が……」と土門をそこから引き離して、ホワイトボードの後ろへと誘った。

「水機団長には、われわれの判断で、アラスカへ行ってもらいました」

「われわれ？　外務省の判断ですか？　理解出来ませんが……」

「お嬢様のことを良く存じ上げませんでした。産休職員のピンチヒッターとしての派遣だったので。それで、LA総領事館の藤原君とも話したのですが、とにかく、お嬢様は優秀です。外交官何人分もの仕事をしている。それで、娘さんがこんなに優秀なら、そのお父上の優秀さはそれに輪を掛けているだろうと。事実、これまでの指揮はお見事という他はありませんでした。差し出がましいとは思ったが、外務省の総意として、今後とも、貴方に全部隊の指揮を取ってもらいたいと、水機団長にはお暇いただいた。それに、アラスカは今後も要注意でしょう？」

「アダックにいる部隊は、自分の部下達です。アラスカに行くべきは自分であって、水機団長ではない。そこまで口出しされるのは困ります！」

「わかっています。これが最初で最後です。外務省は過去に、二人の駐米大使を置いて、拙い結果になった苦い経験があるものですから。安全策を採らせていただいた。各連隊長もそれで不満はないご様子だし。成功しますよ」

上手いこと嵌められたと土門は思った。娘を人質に取ったのだ。何かあれば、娘に命令して、電話一本で自衛隊を動かすつもりだろう。なんで幕がこんな無茶な横やりを受け入れたのか理解できなかった。

土門は、外に止めた指揮通信車両の〝メグ〟に乗り込んだ。

「ガル、アダックの状況はどうだ？」

アダック島上空を飛ぶスキャン・イーグルに視界はなかった。下は真っ白な雲海だった。

「完全な日没を迎えました。ヴィーナスは本隊と合流。雲と霧のせいで、高度を落としても地表は見えません。現場部隊からも、視界は得られていないとの報告です」

「仕掛けてくるだろうな……。うちも、あの人数ならしばらく持つだろう。ペトロパブロフスクの動向に気を付けるよう市ヶ谷に伝えろ。水機団長がエルメンドルフに移動した件は聞いていたか？」

「いえ。でも、スクリーンから水機団指揮所のシンボルが消えたのは気がついていましたが。意図的に消したのだろうと。アラスカに第1連隊がいることだし、それで良いのじゃないですか？　万

一、われわれに何かあったら、水機団長が直ぐ入れるし」
「即機連はどうなっている？　別に兵隊だけで良いと言っているのに。水機団だけじゃ間に合わないぞ。で、ここは助けがいるか？」

「構いません。車両は第3連隊に守られているし。ただ、リベットに余裕があるなら、姜小隊から、一人くらい回してほしいですね」

「〝ベス〟に乗り換えて前に出ろ。それでこっちをアダック支援専用にするしかないな。あと、戦力不足だから、水機団から一個小隊借りた」

「榊小隊ですね。大歓迎だ。原田小隊と一緒にC‐2に載せればよかった」

「ああ。私もちょっと後悔しているよ。操車場からダウンタウン中心部まで五キロはある。たぶん、アダックが先に片付くだろう。戦闘機はもう出たんだろう？」

「はい。ですが、視界が得られない状況での誘導爆弾の使用はないそうです。夜間の攻撃もどうしたものかというお話で」

「暗闇にシリアル・キラーを一人放つよりは人道的だぞ」

「同感です。爆音で脅す程度のことはするよう、ヤキマに提案してみます」

姜二佐が乗り込んできた。

「例の、伏兵が潜んでいるポイントはどうしましよう？」

「奴らは、自分らが丸見えだということを知らない。カナダ軍と、水機団で処理させろ。不意打ちで全滅できれば、カナダ軍も自信を取り戻せるだろう。ナンバーワンは操車場へ直行して、部隊を配置し、本隊到着に備えろ」

「本隊到着を待ってよろしいのですね？」

「そうだ。敵の数が多すぎる。あの操車場、南北の差し渡しが二キロ近いぞ。スキャン・イーグルのデータでは、あそこだけで三千人近くもが立て籠もっていて、避難民と一体化している。攻撃はやっかいだ。数で押せるだけの態勢構築を待て」

「了解です。〝メグ〟に、水機団やカナダ軍の連絡将校（リエゾン）を乗せます」

「許可する。私は、しばらくここに留まる必要がある。必要があったら呼べ。ドローンに気を付けろよ。手製爆弾くらい使ってくるかもしれん」

土門は、〝メグ〟を降りると、屋内の指揮所へと引き返した。FPVドローンを見通し圏内で使う必要性から、指揮通信車両を前に出す必要があった。

司馬は、途中まで迎えにきた米海軍のハンヴィに乗って陸軍兵舎跡の指揮所へと着いた。車を降りると、まるで霧が掌に纏わり付くような感じだった。綿飴の中を走っているようで、ハンヴィも、GPSナビなしには走れなかった。

「それで、甘利さん、私の装備は無事に降ろしてもらえたかしらん？」

「はい。戦闘服、オーダーメイドのFASTヘルメット他、無線機一式、全て無事に回収しております」

「敵は？」

「滑走路東端へ回り込む集団を確認していますが、こちらはリザード&ヤンバル組を筆頭に、分厚い障壁を作っているので問題ありません。一部は恐らく、西側へ大回りしてくるものと思いますが、この霧のせいで、全く確認はできません」

「もうしばらく、あの陣地で待てばよかったわ。それなりの仕事ができたのに」

司馬はさも無念そうに言った。司馬が引き揚げを決断した時は、霧が晴れかけていたのだった。

「アダック島派遣部隊司令官として、あちら側の海軍司令官に――」

「誰が司令官ですって？」

「ですから、原田さんでは階級で負けるからと、司馬一佐に出動願ったわけで。それが外務省の意向だと聞いています」

「恵理子ちゃんのね？　そりゃ私だって、他なら断るけれど、恵理子ちゃんから行ってくれ、と言われれば断れませんからね」

「ナンバー2は今、その海軍司令官と一緒にいます。着替えてから向かって下さい」

「リザードに挨拶してくるのじゃ駄目かしらん？」

「駄目です！　あちらの状況は交錯します。それに、鉄砲でケリがつきます。だいたいこの霧では、この後いくらでもバヨネットの出番は来ますよ」

「そうかしら……」

「早く着替えて下さい。お部屋も用意してあります。暖房は入ってませんが。護衛を付けてお送りします」

「その必要はないわよ」

「いえ。他の人間の安全のためです」

「わかりました……」

司馬は、自分のザックを受け取ると、無念そうに二階へと消えていった。


ロシア軍第83親衛独立空中襲撃旅団・第598独立空中襲撃大隊を率いるニコライ・ゲセフ空挺軍大佐は、赤い暗視ライトを頼りに小川を歩いた。小川と言っても水は流れていない。所々、水たまりが出来ているだけだ。それを避けながら歩いた。

指揮所ではなく、負傷兵が手当を受けている窪んだバンカーに出た。負傷兵がまともな手当を受けられるということは、まだまだ余裕があるということだ。その叫び声を掻き消すために、一人一人射殺して回る手間が省ける。

第635独立空中襲撃大隊を率いるイーゴリ・ダチユク空挺軍中佐と旅団参謀のアンドレイ・セドワ空挺軍中佐とようやくここで会えた。

「イーゴリ、当初の予定よりだいぶ狂ってしまった感じだな。時間も押しているし」

「いえ、結局、突撃は大佐殿の部隊と同時になる予定でした。遅延の度合いとしては、まだ一時間も遅れてません」

「だが、もう暗くなっているぞ。今、迫撃砲部隊を配置に就かせている。やはりニーモーターは駄目だな。六〇ミリの砲弾をばらけて撃った所で効果はしれている」

遠くから、航空機のエンジン音が聞こえてくる。近くは無かった。真上を飛んで脅してくるほどの度胸はないのだろう。

「損耗は？」

「ほとんどが狙撃です。アサルトが命中した者でも、プレート・キャリアで救われたものは多い。しかし、狙撃で殺られた者は駄目ですね。見事にプレートが割れている。あちらは高速で口径もでかい銃ですから。いわゆるラプア弾です」

「こちらにも軽機関銃くらいはあるだろう。数で黙らせれば良い。ネイビー・シールズも不死身じゃない」

「それなのですが、どうも腑に落ちない。単なる海軍の施設部隊にしては、応戦が手慣れている感じでした。別働隊がいたのかも知れない。あるいは増援が」

「スパイの報告では、そんな連中はいなかったし、われわれは直前まで衛星で覗いていたが、そんな兵力も見なかった。もし陸兵がいたとなると、どこかの兵舎に一週間も隠れていたということになるが、それはほとんどあり得ない。それとも空挺降下とか見たか？」

「いえ。降下直後に、大型機の離着陸音を聞いたという報告はありますが、恐らく日本の哨戒機だろうと」

「速やかに第二作戦に移行する。施設部隊だから、ろくな暗視装置もないだろう。われわれはこのまま西から大回りして町へと押し入る。君は海岸線沿いに攻めろ。霧の有無にかかわらず、暗い内に制圧すれば、軍がどこに立て籠もろうが、あとは包囲して投降を呼びかけるのみだ。どの道、自衛隊の航空機はもうここには降りられない。われわれは目的の半分は達した。迫撃砲攻撃が成功するようなら、それに呼応して、残りを正面から突破させせろ」

「ところで、大佐の部隊は誰に殺られたのですか？　われわれは二人の狙撃兵に殺られましたが、ここに配置されているネイビー・シールズはほんの四名のはずです。山の西側に回り込む余裕があったとは思えない」

「ヘリはいないだろうが、ボートくらい持っていたのかもしれん。あれは奇妙な攻撃だった。バヨネットで背後から首を掻き切るだけ。そんな危険な攻撃をする必要があったのか」

「一応、お伺いしますが、増援の要請はどうしましょう？」

「この段階でか？　そんなことをしたら督戦隊がやってくるぞ。万一、部隊の半分でも失うようなら考えよう。まずはあり得ない事態だがな」

大佐は、馬鹿げているという顔で笑いながら引き返した。途中で待機していたパベル・テレジン曹長にその話をしたら、曹長は、わりと真面目な顔だった。

「仲間と話しましたが、応戦してきたのは、海軍兵ではないそうです。一斉攻撃は、明らかに狙撃の銃声とマズル・フラッシュを紛れ込ませることが目的だったが、そのアサルトの一斉攻撃も結構当たっていた。あれは、年一回、いやいや実弾射撃訓練をしている素人集団の射撃ではないと。絶対にプロの陸兵部隊がいると。私は奴を信じます」

「では、なぜ仕掛けてこないのだ？　数で優勢なら、討って出てくるはずだ。それがないということは、数で劣勢だということだろう。押し潰すまでの話だ」

「はい。しかし用心しましょう」

「迫撃砲で牽制している隙に、町へと雪崩れ込む。夜明け前に片を付けるぞ！」

大佐は、歩兵部隊に、走れ走れ！　と檄を飛ばした。その後で、小声でテレジン曹長を呼び止めた。

「パベル、万一の話だが、増援を呼ぶとなったら、誰が来てくれると思う？」

「オホーツクの沿岸部で、アラスカ攻略に備えて待機している部隊がいるはずです。ロシア軍となると輸送機が不安ですが、中国軍の一部もいます。彼らは空中給油機も持参で飛んできてくれるでしょう。一番近いのはシアトル沖に布陣している中国海軍の揚陸艦ということになりますが、何しろ三〇〇〇キロはある。輸送ヘリ部隊を発艦させるには、ここまで丸二日は全力で走る必要がある。あるいは、中国からアメリカへ向かう民航機に見せかけて歩兵を乗せ、ここに降ろすという手もありますが。これなら、恐らく、オホーツクを越えてくるプロペラ機の輸送より、速いはずです。堂々と日本領空を通過して飛べる」

「なるほど……。一応、頭の片隅に入れておこう。アダックを利用する自衛隊は、中国にとってこそ頭痛の種だったはずだからな。要請すれば、来てくれるかもしれん。ただ、中国にしてみれば、自衛隊が利用できない現状でも満足できる話ではあるがな」

大佐は、若い兵士らを追い掛けて走り出した。

暗闇は暗闇だが、西の水平線には、まだ微かな明かりが残っていた。夜目になると、僅かだが地面の起伏が見えた。

バンカーに陣取った元デルタ隊員の耳元に、ロシア語の怒鳴り声と足音が聞こえてきた。どこを走っているかはわかっていた。ここから六〇〇ヤードほど離れたベーリング海展望台から、走り降りてくる集団だった。道沿いだと、まっすぐ飛行場へ降りられるわけではない。滑走路端から一マイル近く離れているが、味方部隊に気付かれず、安全に迂回するのは最適なルートだった。

「ムース、どうだ?」

「見えています。撃てます――」

「よし。では、少し数を減らそう。タイガー、右手のバンカーへ出ろ。タイガーが配置に就いてからだ」

赤外線対策用のサーマル・ブランケットを被ったタイガーが、分隊支援火器のXM250を持って後ろから静かに出ていった。

モンキーもグレネード発射基を持って前に出る。

「モンキー、そのダネル、照明弾は持っている?」

とウエスト中尉が聞いた。

「ありますよ。使いますか?」

「ちょっと欲しいかも」

「中尉、敵か?――」

「ちょっと自信がありません。もう肉眼で確認するのは無理です。距離は、四〇〇ヤード以上ありますね」

「ウルフ、アサルトを持って中尉の横に立て」

暗視ゴーグルを持たないのは、中尉だけだった。

「アイ、中佐……」

ウルフが、ベネリのM3を背中に回し、いったん暗視ゴーグルの電源を切った。接眼部から光が漏れるからだ。

ウエストの隣に立つと、姿勢を整え、接眼部をぴたりと両眼に合わせた上で、「中尉、狼(ウルフ)ではないでしょうね？　正確な方位を教えて下さい」と告げた。

「二三〇度くらいね。狼ではないと思うわ。野生動物は、もこもこ動いたりしないでしょう。顔というか、頭も見えないから、あれはギリースーツだったと思う」

「信じましょう……」

ウルフが暗視ゴーグルでその方角を見ながら、Hk-416アサルトの銃口をゆっくりとバンカーの外へと出した。

「私も撃った方が良いかしら？」

「いえ。自分がリロードする羽目になった時のみ、引き金を引いてください」

「ウルフ、見えるか？……」と中佐が声をかけた。

「ネガティブ。ただし気配は感じます」

「敵は狙撃手だろう。撃たれる前に殺れよ。中尉は頭を下げた方が良い。狙われるぞ」

ムースが「撃ちます」と小声でコールした後、引き金を引いた。サプレッサー付きとは言え、それなりの発砲音だった。敵が一人倒れると同時に、離れた場所から、モンキーが軽機関銃の連射を開始した。曳光弾が暗闇に吸い込まれていくと、ロシア兵たちが一斉にその場に伏せるのがわかった。

そして、背後の、霧の中にいる敵が闇雲に撃ってくる。曳光弾が四方に散らばった。

ウルフも、敵を見付けた。何か野生動物の瞳が反射したのかと思ったが、そうでは無かった。暗視スコープの接眼部から漏れた明かりが、狙撃手の頬に反射したのだ。迂闊な奴だ。もっと質の良い低反射のドーランを使えば良いのに。

防眩迷彩のドーランを顔に塗ったウルフは、ゴーグル越しにダットサイトを覗き、アサルトの引き金を引いてダブル・タップで撃ち始めた。当たるかどうかは怪しい。だが、牽制して遠ざけることが大事だ。

モンキーが、照明弾を一発西側へと打ち上げた。上空で発火した照明弾が、パラシュートを開いてゆらゆらと落ちてくる。

ウルフはゴーグルを跳ね上げると、肉眼でターゲットを探した。

「さすがに撃って良いわよね！」

とウエスト中尉も土手に身を乗り出した。あの辺りの地形は良く理解しているつもりだった。敵は、何百ヤードも匍匐前進してここまで接近したのかと思うとぞっとした。草原の上で、僅かに盛り上がっている部分に向けて、三点バーストで射撃する。

「弾、残しておいて下さいよ！……」

「貴方が当ててくれれば……。でもすぐ脇が窪地になっていてここから見えなくなるわ」

モンキーは、その照明弾が地上に落ちる前に、二人が撃ち込んでいる辺りに向けて、ダネルを仰角に構えてグレネード弾を二発撃ち上げた。

敵がいそうな辺りに着弾したようだが、倒せたかどうかはわからなかった。

その間も、ムースの狙撃と、タイガーが位置を変えつつの斉射が続いていた。そうすることで、多くの敵兵が撃っているように誤魔化せる。

だが、敵の弾も近くに命中するようになった。

ウエスト中尉は再びバンカーに腰を屈めて座った。

何かの、羽音というか、エンジン音が聞こえたような気がした。耳栓をしていても発砲音はうるさい。そんなものが聞こえてくるわけもなかったが。

敵の先鋒をほぼ撃退した。助けを求めるロシア兵のうめき声がここまで聞こえてくる。

「ウルフ、やったか?」

「いえ。手応えはないですね。黙らせたとは思いますが。引き続き警戒します」

だが、敵の反撃は強烈だった。迫撃砲弾が降ってきた。それもニーモーターではない。八二ミリ口径の迫撃砲弾だった。ほとんどの砲弾は、空港施設を狙っていたが、一発だけ、ここを狙って撃ってくる砲弾があった。確実に着弾修正してくる。

「モンキー、ムース。中尉を守れ!」

モンキーが、強引にウエストを押し倒し、弾薬箱の陰で丸くなるよう命じた。その上から二人の大男が覆い被さる。

都合四発の砲弾が着弾し、至近では二〇ヤードほどに着弾して、泥がバラクーダ・ネットの上から降り注いだが、そこで終わりだった。砲撃が終わった理由はすぐわかった。

ヘリのローター音が響いてくる。仲間のヘリだ。ナイト・ストーカーズのMH-60M〝ブラックホーク〟ヘリがM134電動ガトリング・ガンを発射するヴイーン! というなり声が聞こえていた。微かに、地上に降り注ぐ曳光弾が見えた。ここから距離二マイルあるかないかだ。機体は見えない。たぶん雲底ぎりぎりを飛んで攻撃しているのだ。

「今頃……」

ウエスト中尉は、ウォーキートーキーでヘリを呼び出し、狙撃兵が近くに潜んでいる。応戦したが死んだかどうかわからないことを伝えた。

しばらくして、ヘリは雲の中から姿を見せ、バンカーの南東斜面に着陸してきた。

「ウエスト中尉、私としてはあまり推奨しないが、行くと言えば止めはしない。だが、君が操縦するわけではないよな？」

「ご心配なく。もしこのままシェミアに帰るというなら、自分は乗りませんから！」

ウエスト中尉はバンカーから飛び出すと、古い給水塔とを結ぶ路上に降りたヘリへと走って飛び乗った。

シェミア分遣隊隊長のメイソン・バーデン陸軍中佐が左側副操縦士席に座り、本来の副操縦士が、ウエストにインカム付きの航空ヘルメットとグローブを渡してキャビンへと下がった。

「君が機長だ！」

とバーデン中佐は命じた。

「なぜです？」

「私はこの島の地形を知らない。いくらこの機体の地形追随システムでも知らん土地は飛べない。君が操縦しろ！　しばらく警戒した後、港の西エリアに降りろ」

ウエスト中尉は、急いで離陸し、いったん南へと飛んで雲に入った。敵は、こちらの待ち伏せで混乱したらしく、しばらく動きは無かった。ハマーヘッド湾の空き地に降りると、ハント中尉とライス軍曹が乗り込んでくる。ネイビー・シールズ隊員四人が乗った。

「それで、これはどういうことなんですか！」

とエンジンが掛かったままのコクピットで、ウエスト中尉は怒鳴った。

「ここは、数で負けているんだろう？　だから、私の独断で離陸した。どの道、シェミアが襲撃されたら、このたった一機ではどうにもならんからな。基地の司令官も見逃してはくれたが。後日、私は責任を取ることになる。君もそれで良いのだ

ろう？」

「はい！　その時は自分も一緒に辞表を書きます。自分が右席で良いのですね？」

「私の方が腕は上だが、本当に、この土地は知らない。君が操縦する方が安全だ。コマンドを四人乗せている。重量増に注意しろ」

「了解です！」

ウエストはキャビンを振り返り、「それでイーライ！　どうすれば良いの？」とハント中尉に質した。

「滑走路東端沖に飛んでくれ。敵が海岸線沿いに突破を試みている！」

「了解。いったん雲の中に入ります」

しばらくは、空間識失調との戦いになる。計器を信じて、自分の五感を殺すことだ。ウエスト中尉は、そのヘビー級選手のような重装備の機体を離陸させ、雲の中へと上昇して行った。

田口と比嘉が陣取る丘から、滑走路端まで八〇〇メートルほどあった。その滑走路端から海岸までは、ほんの一〇〇メートルしかない。その海の上に、滑走路誘導灯の橋が沖合へと延びている。

ビーチはほとんどなく、滑走路の周辺も、視界を遮るものがないただの草原だ。だが、身を隠す場所が全く無いわけではない。ほとんど人の手が入っていない草原は、それなりにアップダウンがあり、膝上の茂みがあり、いざ銃撃戦となった時に、ひとまず身を隠せる場所は無数にあった。

兵士らは、それを利用しながら前進してくることになる。

ロシア軍は、まずＦＰＶ型のドローンを飛ばして来た。手榴弾や迫撃砲弾を下に提げたタイプだ。だが、四機編隊で五月雨式に飛んできたドローンの全てを、一〇〇〇メートル後方に控えたスリンガー防空システムが叩き墜した。

スポッター役の比嘉は、敵の装備を確認しながら、田口に狙撃を指示し続けた。一般的な装備の兵士は後回しで構わない。それこそ、三〇〇メートルに接近するまで放置して、味方に処理させてもいい。

重機関銃、軽機関銃、あるいはミサイルの発射基を担いだ敵から、より遠くで狙撃する。それが大原則だ。

だが霧のせいで、水平線の視界は限られた。味方の応援が何人か現れ、西の滑走路側を見張ってくれる。こちらは、身を隠す場所は皆無だった。誘導路部分まで含めると、幅二〇〇メートルの舗装された地面を横切る羽目になる。敵はお気の毒というしか無かった。

倒れた仲間の死体を盾にして、軽機関銃を撃ってくる敵が出てくると、比嘉のGM6〝リンクス〟対物狙撃ライフルの出番だった。

その死体ごと、敵兵をミンチにした。二〇人ほど倒した所で、それでも敵はまだ前進してくる。だが、助けが現れた。

沖合からヘリのローター音が聞こえてくると、水面ぎりぎりの高度まで下がってから、ガトリング砲で海岸線を斉射してくれた。それで、敵はいったん退いた様子だった。

また襲ってくるだろうが、銃の手入れをする程度の時間はあるだろうと田口はほっとした。

司馬が司令部に顔を出すと、プレハブ棟は、足の踏み場もないほどに荒れていた。八二ミリ迫撃砲弾が一発、事務室の屋根を突き破り、机を引き裂いていた。

その破片を背中に浴びた兵士を一人、ペンライトを口に咥えた原田が手当てしていた。

「大丈夫なの？」

「はい。幸い脊椎はそれていて、後送するほどの怪我ではありません。破片が入っていないかどうか、後日レントゲンは必要ですが」

局所麻酔を打って、背中を縫っている所だった。

「迫撃弾、二発はスリンガーが迎撃に成功しましたが、一発が運悪くここに墜ちた。砲弾に対しては、ある程度の迎撃能力を持つという程度らしいので、これでも良い成績です。アダック島派遣部隊司令官だという説明を受けていますが？」

「大げさな名前よね。ま、訓練小隊まで投入したのは正解だったとは思うけれど、私が来る必要があったかどうか……」

「私服姿で観光客に紛れ、避難場所に潜めば良い。敵のスパイはたぶん避難民の中にも潜んでいるでしょうから」

「その必要があるかどうか考えるわ」

ウォーキートーキーを持ったベイカー中佐が現れ、原田が手を動かしながら、司馬を紹介した。

「大佐殿でいらっしゃいますか？　空挺兵というか、チャーリー小隊と一緒に降下なさったのですよね？」

「ご免なさい、中佐。空挺降下は久しぶりだったせいで、私だけ変な所に降りちゃったんですの。それで遅くなりました。お詫びします」

「失礼ですが、特殊部隊を率いていらしたのですか？」

「中佐。彼女は、長いこと、うちのアルファ小隊を率いていました。伝説のコマンドです」

「よしてよ、歳がばれるわ。中佐の権限を越えた命令を出すことはありません。あくまでも、リエゾン程度に考えて下さい。長いこと現場から遠ざかっているので、最近はどんな銃を使っているのかもちんぷんかんぷんで……」

「面白い部隊だ。メディックの隊長さんに、女性の指揮官とは。でも歓迎します！　大佐の部隊がいなければ、われわれは今頃、白旗を掲げていた」

「敵の様子はどうですか？」

と原田が中佐に聞いた。

「東側の敵も撃退した。たぶん、両側共に一個小隊前後の部隊が死傷したはずだ。普通なら、諦める所だが、今のロシア軍は違うから。それに、これで、ここを守っているのが、海軍の施設部隊でないことを彼らも認識しただろう」

「それで、敵は次にどんな手に出てくるかしら？」

「私がロシア軍の指揮官なら、次の霧を待つ。ここは、年間の半分は霧が出ます。まだ夜明けまでに何度も深い霧が襲ってくる。戦闘機はどうなりましたか？」

「誘導爆弾を装備した四機編隊が、ひとまずシェミア基地に向かったと報告を聞きました。ロシアとの正面衝突は出来れば避けたいという思いが政府にあるようでして。政治はやっかいです」

「でしょうな。歩兵同士が撃ち合うのとはわけが違うし、現状のように双方が接近していては、爆弾やミサイルの使用は、滑走路を破壊しかねない。慎重な判断が必要でしょう」

「で、私はどうしましょうか？」と司馬は原田に聞いた。

「滑走路に面した建物はもう危険です。敵がニーモーター以上の口径の迫撃砲を持参していることは計算外でした。ただ、携行した砲弾の数は知れているはずです。さっきの砲撃で撃ち尽くした可能性もありますが、念のため、ベイカー中佐らには、いったんここを放棄して、われわれの指揮所まで下がってもらうことにしました」

「それで良いでしょう。これでもまだ、敵の方が数で優っているのよね？」

「残念ながら」

　と原田は険しい表情で頷いた。解放軍はまだ人命重視だが、ロシア軍は、兵隊の命を何とも思っていない。ウクライナでは、無謀な突撃を繰り返して血路を開いてきた。この島に降下した兵士の数は限られる。兵士を使い捨てにして作戦が成功すれば良いが、その可能性はまずない。それでも突撃を繰り返す。それがロシア軍だった。


　ウエスト中尉が操縦するMH‐60M〝ブラックホーク〟ヘリは、ハマーヘッド湾に設けられた整備エリアに戻ってくると、ようやくエンジンをシャットダウンさせた。

　前線用の燃料補給車が来ていた。急ぎ、燃料と弾薬を補給する。

「中尉、防寒具はどうした？　この時間帯は冬季用の格好が必要だぞ」

　とバーデン中佐が聞いた。

「ああ……。気付きませんでした。興奮してて。でも、飛行服の下に着込んでますから。本土はどんな具合ですか？」

「BBCのラジオを聴いている。例の〝99パーセント〟とか。バトラーとか言う、陸軍のOBが先導する連中は、シアトルに立て籠もって、進軍が止まったらしい。もっと東まで展開していることになっているが、シカゴは遠いようだ。モンタナどころか、まだワシントン州の東端のスポケーンにすら進撃できずにいる。ワシントンDCは相変わらず。ガスマスク無しでは、外は歩けない。暴徒がホワイトハウスを包囲しているせいで、それを牽制するために、時々、ヘリが上空から催涙ガス弾を撃ち込んでいるせいだ」

「それは軍のヘリですか？」

「わからない。ヘリ云々より、催涙ガスさ。初日に使い切ったはずだ。たぶん、イギリス辺りから空輸されているんだろう。ニューヨークのマンハッタン島は、酷い有様のようだ。セントラルパークでは、人間の死体を使ってSOSの人文字が作られているそうだが、それが日々、太くなり、数も増えている。セントラルパークのあちこちで砦が作られ、立て籠もる市民と暴徒との間で睨み合いが続いているが、彼らにはもう食料もない。

　だが、良いニュースもあるぞ。BBCは呑気に、次の大統領選挙の展望を話していた。テキサス州知事のカール・F・リヒターと、ロスアンゼルス選出の下院議員ダニエル・パクの一騎打ちになるだろうと。リヒター知事は、インターンとの不倫問題でみそは付けたが、手堅い政策で民主党員にも支持層を広げている。何より、この大混乱の中にあって、テキサスだけ文明がある。電気も水道もネットも生きている。彼は今、その文明の明かりを、隣接州にも拡大しようと尽力している。一方のダニエル・パクは、全国区としてはまだまだ無名だが、民主党の明日の星だ。かつてのオバマのようになる。スピーチは上手いし、トランスジェンダーを広言しているので、LGBT層にも受けが良い。何より、マイノリティだ。アメリカ初の東洋系大統領として、良い仕事をするだろうと期待もされている。この混乱で、皆が先を争ってLAから脱出したのに、彼は一人ダウンタウンに残り、率いるボランティア・グループと、救援活動を続けている。自身、何度も襲撃されたらしいが、意気軒昂だ。こういうキャラは民主党支持層には受ける」

「次の大統領選挙なんて、果たして無事に投票が行われるのかどうかも怪しいのに……。リヒター知事は、父が主催したパーティで見掛けたことがあります。例のスキャンダルが明るみになる直前で、話はしなかったけれど、あの時は、あまり良い印象は持てなかったわ……」

「お父上から連絡はあったか？」

「いえ。議会は丸焼けだし。どこか、軍の秘密の施設に議員全員避難しているのだとは思います。こういう時に、あれこれ余計なことを命じてほしくないですね。島に、元デルタの兵士たちが入っています。民間軍事会社の傭兵を父が雇って、私の護衛に派遣したらしい。何か情報があったのでしょうが……」

「さっき一緒にいたのはその連中なのか？　だが、助かったじゃないか。そういう情報が事前にあったなら、せめてこっちにも報せてほしかったな」

「でも、それで軍は何かしたと思いますか？　ロシアが軍事大国として復活したのに、アメリカは相変わらず分裂したまま、冷戦時代の闘志も冷静さも無かった。アダックの補給部隊をちょっと復活させた程度のことですよ。アリューシャンの西側を、たった二機の武装ヘリとネイビー・シールズの一個分隊で守れ、なんてどうかしてます」

キャビンからイーライ・ハント中尉が顔を出して、メイン・モニターを点けるように言った。

「さっき、ベラを乗せる寸前の赤外線カメラの映像を見直していた。君らが発砲した後だ」

モニターの映像を見ると、何か体温を持つ生き物が地上で蠢いているのが映っていた。

「サーマル・ブランケットを被っていて、人間の身体には見えない。本来なら、このシステムは、対象が人間だと判断するとマーキングされ、ボックスで囲んで自動追尾を始めるが、それがオンになっていない。だから、サーマル・ブランケットとしての機能には問題無い。そこにいると人間が肉眼で探して、そうだろう、と見当を付けてようやく気付く程度だ」

「怪我をしているようには見えないわね？」

「うん。動脈からの出血だと、この外気温で急に冷えるとはいえ、周囲との温度差はあるから、血が流れた跡もわかる。無傷だと考えて良い。二人とも生きている。追いますか？」

　とバーデン中佐に聞いた。

「今は止めましょう」とウエスト中尉が答えた。

「私たちの手で息の根を止めてやりたいけれど、今は、この町と飛行場を守ることの方が優先するわ」

「同感だな。残念だが、後回しにするしかない」

と中佐が引き下がった。

「この二人は、ロシア軍本隊と合流する可能性が高い。自分も、今は無視して良いような気がします。ホセとティムは、まだそこのハマーヘッド・ピークに陣取っているので、万一、敵が南側へ大回りしても対応はできます」

「貴方たち、交替しないの？　イーライもマシュ―も、朝からずっと走っていたのよ？」

「それを言うなら、敵の狙撃兵二人もだ。疲労度は敵も味方もお互い同じ。ただ、もし敵がまだ単独行動を取っているようなら、われわれだけどこかで降ろしてもらうことになるかも知れない。霧が晴れて、もう少しドローンが自由に飛べるようにならないと何とも言えないが」

「地表を飛ぶ時には注意しよう。原則は、どこを攻撃するにしても、海上から大回りしてのアプローチだ。大口径ライフルの弾一発で撃墜されたんじゃたまらん」

　と中佐が言った。

「それで行きましょう。敵はたぶん、霧がまた出てくるタイミングを見計らって、似たようなルートで攻めてくるはずです。さっきのように洋上から滑走路北端に回り込んで、敵兵が潜むブルック沿いにガトリング砲を叩き込むのが良い。ところで中佐。自分は過去に、ウエスト中尉が右席に座った状態で搭乗したことはないのですが、彼女にはその資格があるのですか？」

「私が副操縦士として監督している限りは問題無い。彼女のヘリパイとしての資質に問題ありと思うか？」

「いえ。彼女の耳にも入っている通りで、噂はいろいろありますが、自分もネイビー・シールズの選抜テストではあれこれ言われました。士官が箔付けにこんな所で暇つぶししていると。命を預けるんです。もちろん信頼してますとも！」

ハント中尉は、柄にも無く笑みを見せた。

「あら、イーライ。今の台詞、あとでポリグラフ付きでもう一回言ってもらうわよ？」

「ハント中尉、まずその噂は嘘だ！　彼女はコネでこの部隊に配属されたわけじゃない。その実力が抜きんでていたからここにきた。それで、話は変わるが、自衛隊は正直どうなのだ？　今でも数では敵に負けているわけだろう？　その元デルタ隊員分くらいの働きはしてくれるのか？」

「問題ありません。驚いたことに、奴ら、本物です！　陸上自衛隊の他の部隊とは、装備からして全く別物です。別の国の軍隊のような最新装備で固めている。そういう秘密部隊がいるとは聞いてましたが、あんな装備だとは思わなかった。安心して自分の背中を任せられます」

「それは心強い」

給油が終わり、整備兵がコクピットの風防をコンコンと叩いて手を回し、ハンドシグナルで「離陸よし！」と合図した。

「ここはもう安全じゃない。次の給油場所を考えた方が良いな。それと、われわれの待機場所も。

ずっと上空を旋回し続けるわけにもいかない。整備部隊がアクセスできて、しかし安全な場所だ」

「はい。ハマーヘッド・ピークのホセに、場所を選定して準備させます。あのピークの東側が良いでしょう。道路もあるし、ピークからカバーできます」

「任せる。では機長！　離陸前チェックリストだ——」

　ブラックホークは、五分後エンジンを始動し、一〇分後、また暗闇へと飛び立っていった。そのローター音は、ハマーヘッド湾の水産加工場跡に避難している住民を勇気づけたが、地上部隊を支援するのは、その武装ヘリ一機のみだった。

第四章　カリスマ

ゲセフ大佐は、震え上がった自分の感情を抑えるのが精一杯だった。小川の窪みで、壁に背中を預けながら、頭上を越えていく曳光弾の軌跡にあんぐりと口を開けていた。そうしてやり過ごすしかない自分が惨めだった。

「パベル！　パベル！　これは、施設部隊じゃないぞ？　明らかに歩兵部隊だ。それも、この火力はプロの歩兵部隊だぞ」

2B14〝ポドノス〟、ロシア語で〝お盆〟を意味する八二ミリ迫撃砲が発射され始めたが、目標のほとんどは施設周辺に設定されていた。

一基だけ、撃ち下ろしてくる相手に攻撃目標を設定し直したが、どの程度の損害を与えられたかは不明だった。だが、攻撃は止んだ。そもそも、こちらの前進も止まったが。

「そのようですね。敵の伏兵が丘の上で待ち構えていた。こういう戦いは、海軍には無理です。やはり、陸兵の増援があったのでしょう」

「このまま数で押せると思うか？」

「そうするしかありませんが、もう一回、霧が出るのを待ちましょう。その間に、指揮所も立ち上げるべきです」

「わかった。イーゴリと協議してくる。曹長は、負傷兵を楽にしてやれ」

「仕方ありません。自分の仕事です」

ゲセフ大佐は、小川を塹壕代わりに走りに走って滑走路の北側へと戻り、イーゴリ・ダチュク中佐と合流した。

中佐もいったん前進を諦め、少し深くなっている場所にバラクーダ・ネットを張って指揮所を立ち上げようとしていた。

「無事か？　イーゴリ」

「自分らはね。武装ヘリのガトリング砲が火を噴いて、一瞬で四、五名殺られましたが。あのヘリは叩き墜したのではなかったのですか？」

「たぶん、シェミアからの増援だろう。頭痛の種がまたひとつ増えたな。それで、イーゴリ。こりゃ、鉄砲の撃ち方も知らん海軍兵じゃないぞ？　明らかに中隊規模のプロの部隊が応戦して来ている！」

「もう少し早く気付くべきでしたが、間違い無くわれわれはプロの軍隊と戦っています。それもウクライナ軍レベルのね。腰を据えて戦うしかないでしょう。敵には迫撃砲はないようで、それだけでもましです。大佐の部隊もだいぶ殺られたみたいですね？」

「ああ。南へ回り込もうとしたら、丘の上から撃ち下ろしてきた。そんな所に陣地を構えるような余裕は無かろうと油断した。指揮所はこの辺りで良いか？」

「はい。ここは、滑走路から三〇〇メートルも離れていない。まず爆撃を受けなさそうな場所ですから。大佐殿も指揮所を立ち上げて下さい。ここが潰れた時に備えて」

「そうだな。敵の攻勢はあると思うか？」

「実はそれを考えていたのです。旅団参謀、さっきの話をしてやれ」

簡易シャベルで壁を掘っていたアンドレイ・セ

ドワ中佐が、手を休めて振り返った。

「敵には武装ヘリもあるのに、討って出るようなことはしない。狙撃兵はいるが、建物に立て籠もったままです。ということは、兵力でわれわれに負けているということでしょう。自衛隊がこの滑走路を使えなくなったことで、彼らの作戦にも支障を来している。にも拘わらず、われわれを潰そうとしないのも、やはり数で押し切れる自信がないからです。依然として、われわれが優勢である事実に変化はないものと考えます」

「それが事実なら、心強いが、これでは攻めようが無いぞ……」

「霧はまた出て来ます。今日の午後の天気は明日も変わらない。霧の中を前進して取っ組み合って格闘するくらいの覚悟は必要ですが」

「こういう地形を利用して、ウクライナみたいに何週間も塹壕戦で睨み合うわけにもいかん。空挺兵はそういうための戦力ではないぞ。アラスカ本土へも攻めこまなきゃならんし。二日三日で終わらせる前提で来たんだ。とはいえ、障害はあって当たり前だな。落ち着こう！」

　ゲセフは、自分に言い聞かせるように言った。

「こういう小川は塹壕代わりになる。そこいら中に走っているが、地図を作るべきだな。そこを繋ぐことで、飛行場と町を包囲できる。われわれがここに陣取っている限りは、空からの補給は無理だし。自衛隊機によるこの辺りの哨戒活動にも支障を来すだろう。シェミアは遠いし。シェミアは遠いよな？」

「ええ。ここから六〇〇キロ以上あります。例のブラックホーク・ヘリだと二時間以上です。アダックの占領は、日本と韓国の対米支援に楔を打ち込むことになった。間違いありません。現状でも、十分成功です」

「とは言えなぁ……。まるでこれは……」

「ホストーメリ空港……」

「認めたくはないし、縁起でも無いが、これはホストーメリ空港襲撃の再現になりかねないぞ。ロシア国民は、あそこで部隊が全滅したことを知らないが。とにかく、早急に立て直して、再度仕掛けよう。敵は、われわれがウクライナでどれだけ無茶な攻撃を仕掛けてきたか知っている。震え上がっているはずだ」

遠くからヘリのローター音が聞こえてくる。

「耳障りな音だが、あれ、ロケット弾は装備してなかったな？」

「装備は可能なはずだが、ここでは、ガトリング砲のみですね。キャビンの両側に装備しているからやっかいだ。雲の下からひょっこり顔を出して撃ってきます」

「ああ、いつでも撃ち落とせるよう、対空要員に空を見張らせてくれ。とにかく、立て直しだ！」

ゲセフ大佐は、二人の肩を叩いてまた暗闇の中へと消えて行った。

「大佐は、だいぶショックだったようだな」

とダチェクが言った。

「無理もない。ここは、いつでも増援を呼べるウクライナとは違うからな」

「ウクライナは、いつでも増援が来てくれたか？」

ダチェクは皮肉げに問い返した。

「いいや。一度も増援は無かった。毎度、全滅を繰り返すたびに次の部隊が送り込まれるだけだった。でも俺たちは生き残った」

「言葉もまともに通じない少数民族の兵隊や、海外で騙して連れてきた傭兵を見殺しにしてな。ここで同じことをやったところで、次の部隊が来るかどうか……。しょせん、時間稼ぎに思えてきたよ。アラスカ作戦が始まるまでの」

「われわれは威力偵察をやって、それなりの犠牲を払った。だがそれで、敵の戦力がほぼ判明した。作戦が終わった後の部隊の公式記録には、そう書かれることになる。だろう?」

「そうだな。全ては、作戦上の要請から生じた結果であり、われわれが油断したわけではない。そう書いてもらわないとな」

遠くから、ピストルの発砲音が聞こえてくる。パン!……。しばらくしてまたパーン! 誰かが、負傷兵を楽にしてやっている音だった。これからは、負傷兵の手当に使う薬も包帯も貴重になるだろう。彼らがもっていた銃弾や食料も。使えない兵士は、早く死なせるに越したことは無かった。

ミスター・バトラーこと元UCLA政治学准教授のフレッド・マイヤーズは、フォードのワゴンに乗り込むと、前後を警備車両に挟まれて出発した。前には、荷台に軽機関銃の銃架を据え付けたピックアップ・トラックがいた。

隣には、護衛としてウォーキートーキーを持った〝スキニー・スポッター〟ことジュリエット・モーガンが座っていた。

そして、二人の前には、モーガンが初めて会う男が座っていた。白人で、明らかに軍歴が長いだろうことはわかった。

レニー・ギルバート曹長と名乗っていた。

「今度は間違い無いのか?」

「自分と大佐しか知らないことを質問したら、正解が戻ってきました。たぶん間違いありません。連れてきた仲間のガソリンが尽きて、ここまでは辿り着けなかったが、どの道、あそこで支えるしかない」

「いきなり、部隊と武器を預けるのか?」

とバトラーは尋ねた。

「仕方ありません。ショック療法です。いきなり戦場に放り込んで、正気に戻すしかない！」

「わかった。気は進まないが、ロシア人部隊だけでは人手が足りないし、群衆にはまだまだカリスマが必要だ。仕事してもらうしか無いだろう。それで、ジュリエット、さっきの報告は何だって？」

モーガンは、タクティカル・ベストのポーチからメモを出した。

「私も無線担当が聴き取ったメモを貰っただけだから、詳しい話は承知してないわ。つまり、本来なら、バトラーは今頃、スポケーンに到着して、さあシカゴを目指せ！　と檄を飛ばしていることになっている。われわれもそうアナウンスして、アマ無線でその情報をばらまいているのに、その情報がちっとも拡散していない。それどころか逆に、バトラーはここシアトルに留まって、カナダ軍相手に苦戦を強いられていると流れている」

「事実は少し違うが、嘘では無いな。残念ながら……」

「そのフェイク・ニュースの出所はどこか？　と探っていったら、どうもＬＡらしいとわかった。ＬＡで、ある非公然組織が、この騒乱前から活動していて、彼らは全米に中絶ネットワークを構築していた。組織名は無い。それが今回、行政やネットもダウンした中でフル回転して、この社会を立て直そうとしている。ＬＡの治安回復も彼らの功績らしいけれど、その連中が全米で維持しているアマチュア無線網がその偽情報を流していると」

「つまり真実をだな……」

「そうね。真実を。貴方が流したい偽情報をことごとく否定して回っている」

「ＬＡのセルだって、まだそれなりに生き残っているだろう？　なんとか出来ないのか？」

「それをこれから試みるということよ」

コストコの手前に、灯りが消えたスターバックスがあった。もちろん、とっくに略奪に遭った後だ。そこいら中に、コストコで奪ったらしい段ボールや何やらが捨ててあったが、コストコ製品で路上に自分の部屋を構築しているらしい物好きな避難民もいるようだった。

すぐ向こうは、ナインティ・ナインの阻止線が張ってある操車場だった。群衆が雄叫びを上げているのがここまで聞こえてくる。

道端で小便をしている男がいた。ジーンズに、所々破れたTシャツで、唯一まともなのは頭だ。髪は短くしてある。たぶん整髪したり洗うのが面倒なのだろう。髭はちょっと伸びすぎているが、それはそれで貫禄を演出するだろうと思った。

「間違いありません。〝剣闘士（グラディエーター）トム〟ことトーマス・マッケンジー大佐です！」

「ちょっとみんな外してくれ」

ギルバート曹長は、その男の横で、気を付けの姿勢で敬礼し、「ご無沙汰しております！」とワゴンに案内した。

相手は、車に顔を突っ込んでバトラーに気付くと、一瞬、眼をぱちくりさせてから、シートに腰を下ろした。

酷い臭いだった……。まるで下水管に二、三日浸かっていたような臭いだ。

「トム、大佐。貴方を半年間、探し回った。私のそばにいてほしかったのに……」

「い、忙しくてな。仕事が……」

「ダラー・ショップの警備員がですか？」

「食わなきゃならない」

「貴方をここに連れてくるのに、三日三晩かかった」

「食い物をくれるというから、車に乗ったんだ。君は、こんな所で、何をやっているんだ？」

「革命ですよ。アメリカを作り替えるための。体制に復讐したくないですか？　政府に一撃を食らわせたくないですか？」

「体制？　政府？　たしか、政府は倒れたんだよな……。だから私のダラー・ショップも強盗に入られ、惨憺たるものだったな……。二時間で、商品棚が空になった。為す術も無かったよ。撃つなと言われていたんで……」

「大佐、何か薬でもやってますか？」

「いやあ、そんな金はない。毎日、食って寝るだけだ」

反応は薄く、まともな精神状態には見えなかった。クスリをやっているのでなければ、何かの心の病としか思えなかった。

「退屈だった陸軍士官学校時代、貴方との知的会話は私の数少ない楽しみだった。貴方は私のメンターだった」

「ああ、フレッドか。何をしている、マイヤーズ。こんな所で。講義は良いのか？　たしかＵＣＬＡだっただろう？」

会話が全く嚙み合わない。これは駄目だな……、とバトラーはため息をついた。

「ウクライナ侵攻で、プーチンを擁護して首になりました。アメリカの大学には、もはや学問の自由はない。何でもかんでもポリコレとキャンセル・カルチャーで規制される。皮肉な話です。言論表現の自由が、専制国家に対する優越性だと言っている連中が、その規制に最も熱心なのですから」

「ふーん……。ところで、ここはどこだ？　そろそろ家に帰りたいんだ。新しい仕事も探さなきゃならないし、さっき敬礼してくれたのはレニーか？　なんでこんな所にいる？」

「貴方の、かつての部下を探して部隊を作りました」

「何の為に？」

「われわれの行動を妨害する外国勢力と戦うためです。カナダであり日本、そして州政府らと」

「体制を倒すのか？　合衆国政府を？　言っていることがわからんな。とっくにこの国は壊れているだろう。それはつまり、政府が壊れていることを意味する。もはや正当政府なんてどこにも存在しない」

「彼らはまだ軍隊をコントロールしています。外交権を行使し、他国政府の軍事援助も受けている。そこに止めを刺す必要がある」

「わかった！　頑張ってくれ。応援しているよ」

マッケンジー大佐は、ドアノブに手を掛けた。

「大佐！　貴方がそれをやり遂げるんです！　亡くしたお子さんや、奥さんのために！」

「興味は無い。もう誰も還って来やしない。放っておいてくれ」

マッケンジーは、ドアを開けて外に出た。

「曹長、後は任せるが良いか？」

「はい！　お任せ下さい。数時間でシャキッとさせてみせます」

「そんな時間はないと思え！」

モーガンが入ってくると、窓を開け放った。

「酷い臭いだわ……。何者ですか？」

「現役時代は、グラディエーターと恐れられた。常にアメリカの戦争の最前線にいた。だが、一人息子をアフガニスタンの戦場で失ってから、少しずつ歯車が狂い始めた。奥方はまずアルコールに溺れ、お決まりのオピオイド中毒で亡くなった。本人も、軍を退役し、世捨て人となった」

「そういう人は、別に珍しくないでしょう？」

「ああ。だが、彼は本物のカリスマだ。私のようなでっち上げとは違う。この戦場には、ああいう男が必要だ」

「使い物になるようには見えませんけれど」

「シンボルになってくれるだけで良いさ。この一週間、あちこちから彼の薫陶を受けた最高の兵士をかき集めた。ただの寄せ集めでない、戦える部隊を準備させた。でないと、この状況から脱出できない」

「この向こうの操車場だけで、三千からの群衆がいるんですよ? そりゃ全員は武装してないだろうけれど」

「所詮は烏合の衆だ。クインシーでもそうだっただろう?」

「さすがにステルス爆撃機から誘導爆弾を雨あられと喰らったら、どんなエリート部隊でも生き残れないわ。演説していきますか?」

「いや良い。どうせ私は、ただのピエロだ。こう負けが込んできては、発する言葉も無い」

「トランプはそんな弱音は吐かなかったわ」

「あれは素でバカだからあそこまで強気に出られる。私は平凡な常識人だ。残念だが、人並みに、恥の概念も持つ」

バトラーは、隊列に引き返すよう命じた。その様子を、上空から見守るスキャン・イーグルが捕捉していた。しばらく判定に迷ったが、脅威度〝中〟と判定した。

強武装の隊列が向かってきて、誰かと接触してまた引き返していく。人間なら、何か怪しい集団だと判断するだろうが、AIは、そう判断する基準を持たなかった。

バトンルージュ近郊のキャンプサイトは夜明けを迎えていた。今日も暑い一日になりそうだった。

ヒーローとなった西山を、大勢の人々が訪ねてきて、記念写真を撮りたがった。千代丸はここでも人気者で、大量のジュースやスナック菓子をもらい受けた。

とりわけ、隊列で西山の前を走る老夫婦からは、ご夫人を助けてくれたということで、下へも置かぬ丁寧なお礼を貰った。何か具体的にお礼をしたいというので、この騒動が終わったら、ぜひスウィートウォーターのレストランを訪れてくれとソユンが名刺を手渡した。

「こんなことなら、名刺を百枚くらい持ってくるんだったわ」とソユンもまんざらでも無い態度に豹変していた。

西山のことはさっそく、サムライだのニンジャだのと呼ばれるようになった。とうの西山は、朝一の少しは涼しい時間帯に車の中で寝ていたが。

だが、車列は一向に出発する気配が無かった。

前方で、賊が橋にバリケードを作って阻止している。人質を取ったことをウォーキートーキーで伝えると、「好きにしろ」と言ってきた。持っている荷物の六割を遣せ、でないとここで何日も滞留する羽目になり、それが延びるごとにせっかく運んでいる物資を食い尽くすことになるぞ、と脅してきた。

チーム・リーダーのドミニク・ジョーダン氏が、前夜以来、また一台一台車を回って状況説明していた。ソユンは、夫を起こしたくなかったので、外に出てジョーダン氏を出迎えた。

「昨夜はご苦労でした、奥さん。どこへ行っても、いったい何があったんだ？　とその話題で持ちきりだ。うちのチームのメンバーが戦ったということで、私の発言力も強くなった。それで、今日の予定だが、相変わらず、三方のルートを封鎖されて、われわれは包囲されている。脱出路は無い。

敵は、われわれが根負けするまで、何日でも待つと脅してはくるが、そうは持たないでしょう。一日経つごとに、われわれの食料は胃袋に消えていくのだから。それで、今日日中は平和に過ごせるという前提で、ひとつ作戦を考えています。昨夜、四人が乗ってきたゴムボートを確保しました。エンジンはないが、パドルもある。この運河は、当然上流から流れてくるわけだが、夜、満潮の時間帯には流れも緩やかになる。その時間帯を見計らって、運河に出て、運河沿いに走るバリケードを守る敵の背後に上陸して一掃する。そこが一番、手薄なのでね。で、敵が追いかけてくる前に、全員で運河沿いに北へと脱出する。一斉に。まだここだけの話だが、ぜひ旦那さんにも参加してほしい。必要なら、ゴルフのアイアンくらいは何本かあります」

「無茶言わないで下さい！　うちの旦那、素人ですよ？　軍人の経験も無いのに」

「そうだが、あんなニンジャみたいな真似は軍人にも出来ない。鉄砲で片が付く予定ではいるが、一人だけでもそういう武術の達人がいてくれると心強い。くれぐれも秘密ですが、あとで旦那さんに話して下さい」

「テキサス州兵とか、ここバトンルージュのすぐ近くなのに、ルイジアナ州の州軍とか来ないのですか？」

「連絡は入れています。もしテキサス州からバトンルージュまで支援物資を届けるとなると、この橋の安全確保も大前提だ。すぐにも州兵が駆けつけてくれると期待したが、今の所、反応はない。ダラスからだと、北のアレクサンドリア経由の方がルートとしては近いから、何もここを通る必要は無い。残念ですが……。くれぐれも内密の話ということでお願いします」

「賊は、人質を取られたことで報復とかしてこないですか？」

「あるでしょうね。もちろん！　それは覚悟の上です」

「うちの旦那は正しいことをしたんですか？　みんなに迷惑を掛けるような……」

「それはない。問答無用に、見せしめに無垢の市民を撃ち殺すような奴らです。どんなに従順な態度を取ろうが、奴らはただの強盗です。下手に出たからと、奴らの態度が変わることはない。つまり、話し合う余地はないってことです。交渉はしますけどね。でもお互い、それが時間稼ぎだということはわかっている」

ジョーダン氏が去っていくと、旦那は目を覚まして、リクライニングを起こしていた。

「何だって？」

「いいえ、別に。昨夜はご苦労様って話よ。カケル君からのメールを受信出来たわ。今朝も三〇〇食の朝食を提供し、これから昼飯の準備を始めると。くれぐれも衛生状態に気を付けて、食中毒を出さないようにと返事しておきました。彼ら、寝る暇もないみたい。早く帰りたいわ……」

「まだ若いんだ。仕事させておくさ。この隊列、動く予定はないのか？」

「まだ睨み合って、交渉が続いているみたい」

「俺、余計なことをしたかな？」

「いいえ。それはないそうよ。だって、あの人たち、別に銃を向けていたわけでもない人を撃ち殺したんでしょう？　さっきトイレに出たら、みんな縛り首にして、そこらの木に吊り下げるか、縛ったままワニに食わせるのはどうかってみんなで話していたわ」

「蛋白質が要る。ワニをおびき寄せる餌代わりにすることに賛成だな。人間は食えないだろうから」

「この上空を舞っている携帯の無人機だけど、バトンルージュまで飛ぶようになったから、数日待てば、ニューオリンズや、隣のアラバマ州まで飛ぶかもしれない。もしタシロさんが携帯の電池が残っていれば、連絡が取れるかも知れないわ」

「そりゃ良い。やっぱアメリカ人ってさ、やる時はやるよな。技術も最高だし」

「ええ。鉄砲さえ振り回さなきゃ、金離れも良いし、良いお客だけど」

　ふと、見上げると、ドローンが飛んでいた。翼があるので、最初、鷹か何かと思ったが、飛行機型のドローンだった。上空をしばらく旋回してからバトンルージュの方角へと飛び去って行った。

　ラジオでは、テキサス州知事の、隣接州に援助の手を差し伸べるというメッセージが繰り返し流れていたが、ここまでは遠そうだった。まずは治安を回復する必要があるのだ。それなしに、物資の移送は出来なかった。

　マッケンジー大佐は、かつての部下らの前に出る前に、荒れ放題のコストコ店内の奥で、素っ裸にされ、バケツで水を掛けられ、シャンプーをぶっかけられ、新しい下着と、戦闘服を与えられた。それを着ながら強引に髭を剃られた。

　最後に、ギルバート曹長から、「しっかりしろ！　グラディエーター・トム！」と腰に蹴りを入れられ、みんなの前に出た。六〇名ほどの男たちが待ち構えていて、拍手で出迎えた。半分は見知らぬ顔だったが、残る半分は、戦場で苦楽をともにした面子だった。

「アラン・ソンダイク少佐であります！　大佐。お待ちしておりました」

　一歩前に出た男が敬礼した。

「アラン？　どこかで一緒だったか？」

「ワトナの戦いでご一緒させていただきました。大佐に命を救われた一人です」

「そうなのか……」

「さあ、みんな時間がないぞ！　持ち場に戻れ」

とギルバート曹長が促した。

「少佐、ひとまず大佐を指揮所にご案内しましょう。状況はいかがですか？」

「伏兵を潜ませたビルが片っ端から襲撃を受けている。奴ら、事前に入念に偵察したらしい」

「伏兵は所詮、伏兵です。状況を変えるような戦いは出来ない。ここで時間を稼ぎましょう。敵の戦力を削って撃退できれば、少なくとも外国軍は考え直すでしょう。アメリカ人の戦争で血を流す必要があるのかと」

「それはないな。カナダはともかく、日本なんて植民地みたいなものだ。ご主人様のためなら、喜んで血を流すさ。それに、彼らの念頭にあるのは中国だからな。知らん顔もできない。大佐は大丈夫か？」

「自分も少佐殿も、長いこと、大佐を現世に戻そうと努力しました。神は、祖国に尽くしたこの家族をみんな見捨てるつもりなのか、と問いたい気分です」

「自分は指揮を執らなきゃならん。大佐のことは任せるよ。嫌々でも弾が飛んでくる所に連れ出せば、少しは元に戻るかも知れない」

ソンダイク少佐は、装備を手に取り、部下と共に出て行った。コストコの広大な駐車場を挟んで、ほんの三〇〇ヤード南がもう操車場だった。南北斜めに走る広大な操車場で、シアトルに陸揚げされたコンテナは、ここから、全米へと搬出されていく。

その操車場の上を、三本ものハイウェイが走っていた。それほど長く、広大な操車場だった。

司馬は、指揮所脇に止めた指揮車両エイミーに乗り、原田小隊に新たに加わったタオこと花輪美麗三曹としばらく北京語で世間話した。システムを一部指揮所に移動したが、訓練小隊がモバイル用のモニターやパソコンを持ち込んだので、また車内に戻した。この指揮所が殺られた時に備えて、エイミーはいつでも出られる準備をしていた。

時々、味方ヘリのローター音と、海自のP-1哨戒機のエンジン音が聞こえてくる。ペトロパブロフスクからベア型偵察機が離陸したという情報で、しばらく緊張していた。

哨戒機も戦闘機も、ここに降りられなくなったせいで、自衛隊機の運用に制限が出ていた。シェミアに降りられないことはないが、エルメンドルフから遠くなるし、ロシアに近すぎる危険があった。

甘利が呼びに来たので、指揮所へと顔を出した。

原田が顔を出していた。

「P-1のレーダー情報を東京で解析しています。それから、ナイト・ストーカーズのヘリからの目視観測も合わせると、間もなくまた霧が出ます。西側から海を渡り、丘を越えて張るようです。ヘリは念のため、地上に降りるそうです」

と原田が報告した。

「ここ、砥石とかないかしら?」と司馬は小声で甘利に尋ねた。

「アメリカ人も砥石くらいは使うでしょうが、ここにあるかどうか……」

「それで、ロシア軍のウクライナでの戦法通りなら、単純に、霧の中を突っ込ませることになるでしょう」

「それをやるかしら……。あの人たち、自衛隊機の離発着を阻止しただけでも、目的の八割くらいは達したわよね？　ここを占領したところで、アラスカに地上部隊を前進させるための中継基地にでもしない限り、使い道はない。それだって、日米はいつでも爆撃できるし」

「ここからは、アサルトの戦いになります。少しでも性能が良い暗視ゴーグルを持ち、先に見付けた側が引き金を引ける。われわれは動かずに済む分、少しは有利な戦い方が出来ますが」

「ロケット弾でも撃たれたら、敵が引き金を引く前に射手を倒す必要があるのよ？」

「そうするしかありませんね。それが嫌だから、向こうは、当てずっぽうで引き金を引いてくることでしょう。どこに命中するかはわからないが、破片を喰らう程度のことは避けられない」

「こちらに、他に選択肢はなし？」

司馬は、最低な戦いになるわよ？　という顔だった。

「島にあるボートを借りて、敵の後方に上陸し、背後から攻めるという作戦も一応、あるにはあります。もちろん霧が晴れた状況での作戦ですが、敵が小川を塹壕代わりに使っている状況では、奇襲効果も薄れる。こちらは、遮蔽物のない中で撃ち合う羽目になる」

「ネイビー・シールズやデルタも同意見なの？」

「策があったら聞くと連絡しましたが、ウォーキートーキーでやりとりする限りでは――、ベイカー中佐経由ですが、奇跡を起こせるような作戦は無い。立て籠もって応戦するのが、一番こちらの犠牲が少ないだろうと」

「デルタに応援は送らなくて良いのね？」

「はい。危なくなったら、さっさと後退するそうです」

「ベイカー中佐はどちらに?」

「上の階で休んでもらっています。もう三日間寝てないそうで、さっき血圧を測ったらかなり高めだったので、休ませました」

「貴方たちだって、本当はもう寝ている時間よね? 西海岸から来たのだから」

「でも姜さんは、これから出撃のようですから。われわれは小まめに寝ています」

「どう考えても、この基地を奪取するのは無理よね。いくらか犠牲を強いるにしても。中国の動きは無いのね?」

「ペトロパブロフスクの空港は、それなりに監視されています。中国は、オホーツク海沿いに空挺部隊を配置しているようですが、まだ動きはありません」

「私なら、旅客機で降りてくるわ。通常の航空路を飛び、緊急事態を宣言して強行着陸してくる。サハリン上空を飛んで、偏西風に乗れば、北京からたった五時間よ? シアトルやLAへの補給便は、中国だけサハリンを横断してくるんでしょう。今は、世界中の管制システムもダウンしている。突然、ペトロパブロフスク上空にそれが現れても不思議はない」

「やると思いますか?」

「私たちの常識は、他国のそれとは違う。とりわけ中国やロシアのそれとは。やらないなんて考えないことね。民航機なんて、絶対、撃墜できないでしょう。やった者勝ちよ」

「仮に、そういうことが起こったらどうすべきですか?」

「背広にネクタイを締めた中国人が、笑顔で手を振りながらシューターから滑り降りてきたら、基地を放棄して逃げるしかないわね。完全武装の兵士たちだったら、全員が降りきる前に、対戦車ミサイルをぶち込んで旅客機を炎上させることね。それで、三〇〇人乗っていた兵士を半分くらいは削れるかも知れないけれど、シューターを全部同時に展開されたら、お終いよね。地上に降りた所を十字砲火で制圧できれば良いけれど。私が解放軍なり、ロシア軍なら、もう少しましな作戦を考えるわ。いきなりここに強行着陸してくるのはリスキーすぎる。でもこの島は、大戦中に使われていた滑走路跡が何カ所かあるわよね。そういう所に、大型旅客機で不時着すれば良い。飛行機なんていくらでも買えるんだから。一、二機捨てる覚悟で突っ込めば兵隊を運べるでしょう。一機で三〇〇名。空挺降下の訓練を受けていない兵隊でも、それで送り込める。北京からたったの五、六時間よ……」

「そこまでする価値がありますか？」

「戦闘機を常駐させることができれば、エルメンドルフを牽制はできるでしょう。うちの〝いせ〟とかこの辺りにいるのよね？　この島を失ってもやっていけるの？」

「米本土で活動するための機体は、CHにせよオスプレイにせよ、ほとんど送り込めたと聞いています。ヘリ部隊の給油ポイントとしての役目はほぼ終わったと。ただ、われわれへの支援もあり、〝いせ〟は沖合に留まっています。沖と言っても千キロ以上は南ですが」

「ロシアはこの部隊を見捨てるでしょう。でも、この島を諦めるとは思えないわ。全滅したら、私たちがまた利用再開するのだし、間髪を入れず、次を送り込んでくるわよ。そこは覚悟するしかない。でもこの滑走路、本当に要るの？　この島の東側だって、短いとは言え、それなりの滑走路がある島はいくつもあるでしょうに」

「空自も海自も、ここの滑走路は必要不可欠だと言っています。守る価値がある。無いと作戦に支障を来すと」

「つまり、わが陸自だけが、ピンと来ないわけね。そんなに重要な滑走路なら、せめて二日前に空挺団でも送り込むべきだったわよね。滑走路さえ無事なら食料は毎日空輸だって出来たんだから。良いわ、やるだけやってみましょう。私、背中に赤外線フラッシュ・ライトとか背負って出ちゃ駄目かしらん？」

「絶対に駄目です。背中を撃たれるだけです。部隊司令官として、ここにいて下さい」

原田は冷たく言い放った。司馬は、モニター上のスキャン・イーグルの映像を見遣った。相変わらず眼下は真っ白だった。

まあ、条件は、攻める側も守る側も同じだ。どちらに有利不利ということはほとんどないだろう。敵の何人かは町への侵入を許すことになるだろうが、明るくなってから一軒一軒、民家を掃討していくしかない。

避難した民間人の保護と、全体としての支配権の維持だ。ウクライナの戦場がそうだったように、この手の攻防は、奪ったり奪われたりを繰り返すことになる。どちらも酷い消耗を強いられるが、どちらが耐えられるかだ。

残念ながら、その辺りの耐久力という部分で、専制国家は無敵だった。何しろ、兵隊は死んでない、部隊は負けていないことに出来るのだから。

ゲセフ大佐とダチュク中佐は、ゲセフ大佐が設営した指揮所でタブレット端末を見ていた。指揮所と言っても、通信兵と伝令がいる程度だ。テーブルや椅子があるわけでもない。ウクライナと違い、まだネズミは見てなかったが。

「さっきは、この使われていない滑走路跡からだいぶ距離を取って山側を南下しようとして痛い目に遭った。ここの攻略も考えなきゃならないが、もし霧が出るとなれば、この兵舎跡の東側を前進しても問題ないだろう。もし撃たれたら、東側の運河跡に飛び込めば安全を確保できる。まずは、街中に入ることを第1目標としよう。遅かれ早かれ、霧は晴れる。街中に潜み、夜明けを待って行動を起こす。

イーゴリは、われわれが大回りする間、滑走路北側で暴れて敵の注意を引いてくれ。無理に突破する必要は無いぞ。ただ、釘付けするだけで良い。そして、私の部隊が町に紛れ込んで決起したら、それに呼応して仕掛けてくれ」

「南北から攻めることになりますね。同士撃ちの危険がありますが」

「それは仕方無いな。敵を挟み撃ちにするためだ。住民を人質に取って降伏を勧告するという手も考えよう。ウクライナじゃ、交換材料にする前に、住民は皆殺しだったが。ここでは殺す理由もない。ボートはどうだ？　使えないか」

「試してみましたが、駄目です。沖は潮の流れが早くて、船外機なしでは、ベーリング海を漂流する羽目になります」

「そうか……。この一戦をやって駄目なようなら、増援要請を出そう」

「お互いの部隊が、半分以下に減った後ですね……」

「そういうことになるな。もう死んだことにして要請を出すという手もあるが。この正攻法以外にあると思うか？」

ダチュクは、しばらく答えずに、考えてから口を開いた。

「……、ウクライナから帰って来た指揮官が、ひたすら突撃を繰り返すだけのこんな間抜けな戦術しか無かったのか？　と同僚から責められている場面を目撃したことがある。その間抜けな正攻法以外に、いったいどんな戦い方があったというのか、お前が行ってこい！　と思っていた。これしか、ないですよね……」

「いくつか思いつける作戦の中で、一番まともな作戦だ。兵の犠牲を最小に留めて……。他には無い。しかし、君はなんでこんな作戦に志願したんだ？」

「志願なんてしてませんよ。でも、ここで手柄を立てれば、アラスカ攻略で楽はできますよ」

「それは絶対にないな。ウクライナで武勲を上げた部隊は、その後、楽をさせてもらったか？　指揮官は良い暮らしを送れたか？　所詮、軍隊では使い捨てだよ」

テレジン曹長が、「霧が出て来ました！」と報告に現れた。

「よし！　ではイーゴリ、後で会おう。われわれは、地上最強の兵士だ――」

それに嘘はないだろうな、とダチュク中佐は思った。ウクライナでは事実上、NATO相手に戦い、緒戦の失敗はあったが、その後、犠牲も厭わぬ胆力を発揮して盛り返した。西側を震え上がらせた。ここでも、そういう戦いを披露するしかない。

降伏はない。最後の一人になっても、百人の敵に降伏を強いるのだ。

待田は、〝メグ〟を姜小隊に譲り、〝ベス〟へと移動してアダック島への支援を継続していたが、しかし島が分厚い霧に覆われた状況では、たいしてやることもなかった。

今は、水機団第3連隊の榊小隊が〝ベス〟を守って共に行動している。彼らは意気軒昂だが、少しオーバー・ワークにも思えた。

第3連隊の戦場で、常に先頭に立って戦ってきたのだ。

土門恵理子は、待田の隣に座り、コンソールを弄っていた。待田が集中するのはアダック島の状況。恵理子は、ここシアトル上空を舞うスキャンイーグルの映像に集中していた。それを操作するのは、〝メグ〟に乗る姜小隊だったが、ここでも出来ることはあったし、必要があれば、より小型のドローンをここから発進して操縦することも出来た。

後ろには、第2小隊を率いる榊真之介一尉と、ATFのナンシー・パラトク捜査官が立っていた。榊とパラトクは、ヤキマ以来の戦友と言って良かった。

いったんはヤキマで抱き合って別れの挨拶をしてLAへと飛んだが、こんなに早く戻ってきて再会するとは思わなかった。

「でも、相変わらず貴方一人なのよね？」

と恵理子が振り返りながら聞いた。

「ええ。私がここにいるのは、このシアトルの治安回復作戦に於いて、アメリカ政府の法執行機関全員が参加したという証拠を残すためです。でもFBIがどこにいるかは知りませんけど。たぶん、ダウンタウンで行政府を守って立て籠もっているのでしょうね」

「土門さん、念のため、防弾ベストを着た方が良いですよ。パラトク捜査官も」

と榊が提案した。

「それが良い。この車両は装甲車両じゃないから」

と待田も進言した。

「ええ。これが終わったらね……」

カナダ軍の部隊が、敵が潜む工場に突入する所だった。車両基地へと続くこれが最後の伏兵の拠点だった。ここまで、五カ所の拠点を急襲した。AIの威力は凄まじかった。人間がただドローンの映像をモニターで眺めていても決して発見できないような拠点を見付け出してくれる。

「待田さん、でもこれ、本当に、人間をバカにする機械よね」

「でも、裏を掻く術はありますよ。今ですら、ギリースーツやサーマル・ブランケットを被って歩く歩兵は発見し辛い。このシステムのサブスク契約をしてから皆と話しているのですが、この戦争が終わったら、一度、このAIを騙して部隊行動する方法を研究しようという話になっています。こういうのは永遠にイタチごっこです」

しばらくすると、頭の上で手を組まされた男たちが、行列を作ってぞろぞろと建物から出て来た。

「これで、ここまでに確保した捕虜は二〇〇人近いわよね。彼らを監視するのも大変だけど、どうするのかしら？」

「この辺り、小さな離島がいっぱいありますから、そこに放り込むそうです。たまに沖から食料を流してやるのだとか」

とパラトクが説明した。

「この人たち、つい二週間前まで、普通に暮らしていたんでしょう？　物価高に喘ぎつつも、屋根がある暮らしをしていた人々が大半のはずなのに。ナンシーの周りはどうなのかしら？　ネイティブの皆さんは」

「われわれは、普段から忘れられた民だから、最初から合衆国政府に何かの期待を持っているわけじゃない。期待しなければ、裏切られたと感じることもない。時々、バトラーみたいな運動家は現れるけれど、だいたい皆、醒めてますよね。こういう暴動に参加している若者はいるでしょうけれど、何も変わらないわ。騒動が終われば、マイノリティはまた忘れ去られ、無視される」

　空港の水機団指揮所から、グローリー・ウイングス作戦、第2段階開始！　の命令が発せられた。ここを素早く突破できれば、敵は総崩れになるだろう。銃声やヘリ、そして戦闘機の爆音で脅す手筈になっている。ヤキマから発進した航空部隊も参加する手筈になっていた。

　恵理子もパラトク捜査官も、重たい防弾ベストを着込んで戦闘に備え始めた。

第五章　ワンサイド・ゲーム

ウエスト中尉が操縦するMH‐60M〝ブラックホーク〟ヘリは、ハマーヘッド湾南側のフィンガーベイ・ロード脇に着陸した。

道路といっても、この島では、舗装道路はまずない。どこへ行ってもただの砂利道だ。ガードレールももちろんない。ただ野っ原に、轍の跡がある場所が道路なのだ。

燃料タンク車や整備車両がすでに着いていた。GPSナビで走るハンヴィに従い、ヘッドライトを消し、フォグランプだけでここまで走ってきた。シェミアから来たネイビー・シールズ隊員二名が守っていた。たいした距離ではないが、今はもうどこに敵が潜んでいるかも知れないのだ。

だがここは、ハマーヘッド・ピークに陣取るネイビー・シールズ隊員二名のカバー・エリア内だった。霧が晴れていれば、彼らが守ってくれる。

エンジンをシャットダウンして静かになると、ウエスト中尉は航空ヘルメットを脱いだ。インナーに、頭部の汗がびっしょり染みついていた。

イーライ・ハント中尉とマシュー・ライス上等兵曹（軍曹）は、ザックを背負い、銃を持って出撃準備を始めた。

「あのスナイパーは間違い無く、こっちへ回ってくる！」

「そうなの？　貴方ついさっき、本隊と合流する可能性が高いと言ったわよね？」

とウエスト中尉は指摘した。

「撤回する！　一度はそう思った。それが安全策だからね。だが、自分ならどうするだろうかとずっと考えてた。このブラックホーク・ヘリは、今でもこの島で最強の兵器だ。彼らにとっては自衛隊同様頭痛の種になるだろう。そしてヘリは、どこかで燃料補給の必要がある。基地からそう遠くでは無理だ。道路も無くなる。敵の背後に補給拠点は作れない。場所はこの辺りだろうと推測できる。自分たちが単独行動を許された狙撃兵なら、部隊と合流するより、ヘリの殲滅に動いた方が作戦に貢献できると考えた。そして最後に彼らが目撃された地点からここまでは四マイルもない。今頃、もうどこかで狙撃の準備をしていても不思議はないぞ」

「それはないな。上からホセらが見張っていた。ここは少し盆地になっているし、狙撃できる位置に出るには、そうとう無理することになる」

とライス軍曹が指摘した。

「ああ。だから迎撃に出る。自分らが戻らなくとも、シェミアから連れて来たラミレス＆グエン組を乗せて出てくれ」

「彼らはここの地形を知らないわ」

「降ろさなきゃ問題はない。どこかで狙撃兵を発見しても、降ろして追跡させようなんてするな。それより、ガトリング砲で遠巻きに掃射することだ。弾を撃ち尽くすまで」

「霧が晴れるまで、隣の島に避難するという手もあるぞ？」

とバーデン中佐が提案した。

「ええ。それでも良いですね。何より、この機体を守ることを最優先にして下さい」

「ここからヘリが移動したんじゃ、囮にならないじゃない？」

「それもそうだな……」

ウエスト中尉がそう指摘すると、中佐は少し残念そうに言った。彼にとっては、敵の殲滅より機体を守ることの方が優先する。すでに一機失った。自分のワガママで持って来たとはいえ、この機体まで失うつもりはなかった。

「では、後はよろしく！」

ハント中尉が頭からギリースーツを被って機体を降りた。ここから少し離れた稜線上で警戒するシェミア島防衛の仲間ラミレス＆グエン組に二言三言告げて去っていく。ハマーヘッド・ピークの陣地は、ほんの五〇〇ヤードしか離れていないが、もう全く見えなかった。湾を挟んだ対岸の町ももちろん見えない。

キャビンが冷えてきて、ウエスト中尉はようやくジャンパーを着込んだ。

「君は将来、お父上の跡を継ぐのかね？　確か、ご兄弟はいないだろう？」

バーデン中佐が、手持ち無沙汰に話しかけた。

「ここはアメリカですよ。政治家の世襲なんてぞっとするわ。それに、あんな汚い世界……」

「軍の先輩がひとり、シアトルで金持ち用のヘリ会社を経営している。軍を退いたら、そこで雇ってもらおうかと思っている」

「たまに、遊覧飛行とかしてですか？　夏場は気候がよさそうですね」

「そうだ。あそこは、夏は晴天日が続く。しかし、冬は酷い天気が続くぞ。パイロットの腕が問われる。あと、山火事はしょっちゅうだしな。だがこれが不思議と、冬の入り口にはぴたりと収まるんだ。雨が降り続くせいで」

「あまり考えたことがないんです。軍を離れた後の人生を。両親は、私の軍隊入りを快くは思っていません。今でもね。ところが、晴れやかな席に私が軍服を着て現れると、途端に態度が変わる。ああいう人種にとっては、所詮は家族も選挙用の宣伝道具に過ぎない」

「そうかな？　アメリカ人なら、誰だって軍服を着た家族は素直に誇らしいものだろう。そんなに親が嫌いなのか？　意外だな……」

と中佐は苦笑いした。

「変ですか？」

「君は、言ってみればアメリカ社会の典型的な勝ち組だろう？　そういう階層は、良い意味でも悪い意味でも、完璧な私生活を装う術を小さい頃から身につける。では、君が軍に入ったのも、親への当てつけだったのか？」

「いえ。でも自由が欲しかったんです。普通の大学生活を送り、普通に就職したら、必ず親の名前が出てくる。でも軍隊ではそれはないですからね。士官学校でも特別扱いされることはなかったし。配属先に口を出される心配もないし」

「実は、シェミアでは、バトラーが書いたとされる文章が出回っている。それも何枚もだ。それぞれ文体が違っていて、たぶん別人が書いたものが勝手にバトラーの名前で回されているんだろう。NSAから全米軍部隊に警告が発せられている。軍内部に蔓延る不満分子によって書かれたものだから発見し次第削除、または破棄せよ、と。でも、良く出来た文章だよ、どれもね……。

私たちは過酷な冷戦を戦い抜き、勝利したつもりだった。ところが、その後に起こったIT革命で、われわれの生活は激変した。勝者が独り占めしていく世界だ――」

「その話、長そうですね？」

「私は、平民階級出身だ。大学の学費を稼ぐために予備役将校訓練課程（ROTC）にエントリーして、いろいろあって、結局軍に入って居残った。われわれは自由な言論を謳歌している。自由に政府を批判する権利を行使し、マイノリティの権利を擁護し、移民を受け入れている。〝不法移民〟という言葉を巡って民主党内では長らく対立が続き、〝不法移民〟という言葉を使うな、彼らのことは〝記録のない移民〟と呼べとメディアに迫っている。社会が対立し、分裂を深めている一方で、専制国家は、着々と軍事力を整えてきた。彼らには言論の自由はないが、われわれと比べてそんなに酷い生活なのか？　ＧＡＦＡＭで働きながら、一部屋の賃料も払えずに公園でテント暮らしを強いられるような、そんな社会が正常だと言えるのか？　シアトルやサンフランシスコの目抜き通りで、犬の糞よろしく、そこいら中に人間の糞が落ちていて臭ってくるんだぞ。毎年、一〇万人もがオピオイド中毒で死ぬような社会が、専制国家よりましだと言えるのか？」

「それ、バトラーなら解決してくれると思いますか？　トランプ政権なら解決できましたか？」

「トランプは結果なのか、始まりなのか？　という議論があるだろう？　私は結果だと思っている。自由な言論が保障されていることによって、ひたすら過激化し、オーバーヒートした言論は、ネットというエコーチェンバーで無敵と化して政府批判を繰り返した。そこでは、政府は万能であって当たり前だという錯覚を国民が抱き、それを煽る陳腐な独裁者が現れて大衆の支持を得た。だが、政府は万能じゃない。軍隊も最強じゃない。中東の、昨日まで名前も知らなかった国で、非対称戦に勝てないのだ。自分なら全て解決できる！　と嘯く指導者は、専制国家の独裁者と変わらない。それを崇拝している者が、軍の中にも一定数いる。

恐ろしいことだよ。われわれは、バトラーがロシアや中国と同盟していることを知っている。トランプがロシアの操り人形だということも知っている。なのに、それを支持する者が大勢いる。彼らはずっと、この国を破壊したかっただけだ。破壊者だよ。大統領選挙で破壊するか、こうやって暴動で破壊するかの違いだ」

「私、どちらかといえば民主党穏健派なのですけど、中絶非合法化は行きすぎだし、ＬＧＢＴ運動もちょっと行きすぎた部分はありますよね。移民容認にしても。アメリカは、中道穏健派が退潮し、左右両派の過激派が国を分裂させた。そういうことではないでしょうか」

「正気に戻る日が来ると思うか？」

「それをやるには、まずはＳＮＳを規制しないと。国民から自由な言論を奪い、テレビ・ニュースがお仕着せの報道を国民に垂れ流す時代を再現するしかないわ。残念ですが、アメリカでは無理です」

「負けるなぁ……。われわれは負ける。個々の戦場では勝つかも知れないが、戦争では負ける。西欧主導のお仕着せの民主主義は、すでに南米、中東、アフリカ、東南アジア、世界中で嫌われている。民主化のなれの果てが今のアメリカだとしたら、誰が民主主義を広げようなんて思うものか」

「ロシアや中国に憧れますか？……」

ウエスト中尉は、恐る恐る聞いた。

「いや。全く！　露ほども。あれが正しいとは思わないし、成功しているとも言いがたいだろう。彼らが民主主義を屈服させた後の世界が、果たしてどうなるのか、見てみたいとは思うが……」

遠くから発砲音が聞こえてきた。いよいよ始まったのだ。

ハント中尉は、その銃撃音を聞きながら、霧の中を静かに歩いていた。視程は時々、二〇メートル以下に落ち込む。まるで真冬のブリザードの中をハイキングしているような気分だった。

暗視ゴーグルがほとんど役立たずになる。それでも、足下を見るには仕方無かった。この季節は、そこいら中に、ちょっとした水たまりや溜池擬きが出来る。それに、狼がいる危険もあった。

誰かが持ち込んだ狼が、最低二頭は島にいて、それはこの辺りにも出没していた。昨日、撃墜された後に、ウエスト中尉が襲われかけた。動物の眼球は集光レンズのように光を集めて反射する。暗視ゴーグルなら、肉眼より遠くで発見できた。

銃撃音が段々と激しくなる。空港の南と北で発生していた。狙撃音を紛れ込ませるには理想的な状況だな、とハントは思った。

田口と比嘉は、狙撃銃も対物狙撃ライフルも置いてFNのエヴォリス軽機関銃とHk-416アサルトで敵を出迎えた。

ぞっとする状況だった。視程が一〇〇メートルもないのだ。海岸線の波打ち際が時々見えなくなる。そちらにも仲間が展開していたが、いつ敵の弾が当たってもおかしくない状況だった。走って雪崩込んでくる敵はまだましだ。伏射姿勢で、ただ掃討すれば良い。だが、最前列の敵が倒れると、敵はすぐ匍匐前進に移った。こちらはやっかいだ。近付くまで姿が見えない。時々、後方から照明弾が上がるが、深い霧のせいで、地面がうねっているように見える程度だ。

左手の滑走路方向からも激しく撃ってくる。幸い土手で守られていたが、頭を上げられないまま、海岸沿いに向かってくる敵を撃つ羽目になった。

エヴォリスの弾薬ケースがたちまち空になる。リロード！ を宣言している間、隣で比嘉が撃ちまくった。だが、幸いエヴォリスの弾薬交換は一人でも短時間で済む。ミニミとは大違いだ。

敵は、霧を利用している上に、煙幕手榴弾まで投げてくる。この阻止線をなんとしても突破する気が満々だった。暗闇から手榴弾が飛び出してきて爆発すると、とたんにスモークが拡散して霧が濃くなる。

比嘉と田口は、その状況でも、黙々と引き金を引き続けた。ターゲットを確認して撃つのではなく、射点を固定して撃っていた。そこを通るしかない、そこにいるだろう敵に向かって撃った。

時々、霧が薄くなると、死体の山が出来ているのが見える。兵士が蠢き、少しでも土地が低い場所へ、あるいは海岸へと這いずって逃げようとしているのが見えた。それを、海岸線に陣取る仲間が狙って撃つ。こちらも事前に入念に陣地作りした上での迎撃だった。

敵より先に撃つ。敵が狙いをつける前に撃つ。それしか無かった。

滑走路を挟んだ丘の上からやがて軽機関銃が撃ってくる。こちらが見えているわけではないし、土手に阻止されて危険でも無いが、鬱陶しい存在だった。

田口は、指揮所を呼び出した。

「ハンター、音響センサーで敵の軽機の位置がかりますか？」

「ちょっと待ってくれ……。リザードの位置からだと、三〇二度方位、高度差三度になる。いけるか？」

田口は、ドットサイト上のコンパスを確認すると、「援護、願います！」と告げた。

「了解。オールハンド、五秒斉射、カバーする。三、二、一……」

北東側に陣取った味方が斉射を開始して敵を黙

らせた瞬間、田口はエヴォリスを丘側へと向けて五秒間、フルオートで連射し続けた。暗闇のほぼ一点に向けて。敵のマズルフラッシュは見えないが、こちらのそれも見えないのだ。五秒間、数十発撃つと、すぐ頭を引っ込めた。

敵の軽機関銃はそれで黙った。ＲＰＧの一発でも飛んできたらおだぶつだが、なぜかそれは無かった。恐らくは、ＲＰＧの代わりに、対空ミサイルを持参したのだろう。ここに戦車やトーチカがあるわけではない。空を飛ぶドローンの方がやっかいだった。

こちらの敵は二手に分かれている。滑走路北端を回り込んでくる勢力と、再び滑走路を横切ってまっすぐ突っ込んで来る敵と。

だが、町側へと回り込んでくる敵は、まるまる中隊規模だった。

元デルタのミルバーン中佐は、丘の上から降り、今は閉鎖された未使用滑走路の南端西隣のバンカーでその敵を出迎えた。たった五人で。

ダネルＭＧＬを持つモンキーと、ＸＭ250を持つタイガーを率いて、ミルバーンは水たまりのバンカーに入っていた。元は運河だ。膝上まで冷たい水、海水が張っている。霧が深くなるとすぐ行動を起こして陣地を出た。

最後までバンカーに残ったウルフとムースもヒルサイド通りの少し丘側に陣取っていた。だが、狙撃銃は使えない。それだけの視界は無かった。ウルフのショットガンがここでは物を言うだろう。

中佐は、ピチャピチャと誰かが水を跳ねる音が聞こえてくるまで発砲しなかった。最初に現れるのがもし斥候なら、銃では無くバヨネットで黙らせるつもりだった。

だが、敵はいきなり集団で現れた。分隊規模で一〇名近くがその運河跡を前進してくる。

運河を挟んで海側の壁に隠れていたタイガーが、まず分隊支援火器の引き金を引いた。敵との距離はほんの五〇メートルしか無かった。続いてモンキーがダネルのＭＧＬを仰角を付けて発射する。

その運河は、北へ向けてほぼ三〇〇メートルが直線だった。その直線距離が終わると、西側へと鋭角に曲がっている。

阿鼻叫喚の地獄絵と化した中に、ミルバーン中佐がトドメのＭ67手榴弾を投じた。

こんな爆発物まで島に持ち込めるのだろうか？　と疑問に思ったが、彼らの荷物は、なぜか軍用品扱いになり、他の荷物と一緒に旅客機に乗せられて届いた。

遥か後方でロシア語の怒鳴り声が交錯し、運河沿いに前進していた兵士らが一斉に地上へと上がるのがわかった。一部はそのまま滑走路跡を横断して東の施設エリアへと向かうことだろう。残る一部は、丘側ルートを取る。施設側へと向かう敵は、自衛隊の歓迎を受けることになる。

丘側は、ウルフのショットガンと、Ｈｋ・416でも狙撃銃のように扱うムースが、至近距離でも一人一人確実に撃ち殺すことになる。

滑走路跡を横断して渡ろうとしたロシア兵を、その東に沿って水が張った小川に潜む甘利小隊が迎え撃って発砲を開始した。滑走路の南端から、まるで誰かがこの事態に備えて掘った塹壕のような形をした長いクリークだった。それが千メートル近く、民航機の駐機エリアまで延びている。

そのクリークの背後から、照明弾が上がると、向かってくる兵士達の影が浮かび上がった。ロシア兵らはすぐその場に伏せたが、何しろ、遮蔽物は何もない。距離一五〇メートルで、甘利小隊が、残った敵、眼の前に伏せる敵を狙撃し始めた。

やむなく引き返す敵を、今度はミルバーン中佐のチームが迎え撃つ。何人か、銃を捨てて両手を挙げ、降伏の意思表示をする者もいたが、容赦は無かった。彼らのほとんどが、両手が上がり切る前に狙撃されて倒れた。

ほんの一五分前後の戦闘で、一〇〇名近い敵が倒された。ワンサイド・ゲームだった。

ハント中尉は、その銃撃戦に背を向け、敵の狙撃兵が現れそうな場所でひたすら静かに待機した。ギリースーツを着て草むらに身を潜め、雑草と化して敵が現れるのを待った。丘の上部では、仲間が待機している。前日の戦闘で、敵はその偽装された陣地に気付いているはずだから、そこは避けるだろうと判断した。

だが、その発砲音にはすぐ気付いた。丘の反対側からだったので大きな発砲音ではなかったが、隣の丘の鞍部で少し谺したことでわかった。近くでの発砲だった。ほとんど丘のピークから聞こえてきた。味方の銃では無かった。

ウォーキートーキーのプレストーク・スイッチを二度鳴らしてみた。それが応答が欲しい時の合図だ。音はしない。ただ、相手のウォーキートーキーがバイブで震動するだけだ。

返事は無かった。

ハント中尉は、念のためウエスト中尉をウォーキートーキーで呼び出し、「ハマーヘッド・ピークが殺られたかも知れない。いったん離陸してくれ!」と警告した。

三〇秒もしないうちにローター音が聞こえてきた。拙いと思った。もし敵に殺られたとしたら、たとえ霧でヘリが見えなくとも、どこにいるかはだいたいわかる。そこを狙って乱射すれば良いのだ。

「マシュー！　援護してくれ」

ハント中尉は、ゆっくり起き上がり、稜線へと戻り始めた。

ウエスト中尉は、まずエンジンを始動してから航空ヘルメットを被った。その途端、曳光弾が機体前方を掠めた。ローターのすぐ右手だった。一瞬照らされた地上で、シールズの兵士が、整備兵に、姿勢を低く！　と手振りで命じていた。

「ヒッカム・ワン！　敵は当機より一〇〇フィート以上、上から撃ち下ろしている。ピークの東側斜面。後は任せる！」

「ガトリング砲で斉射するか?」とバーデン中佐が提案した。

「いいえ。まだ味方が生きているかも知れません。彼らに任せましょう」

あらゆる手順をすっかり飛ばし、三〇秒で離陸し、洋上へと脱出した。外は真っ暗闇だ。発電所はまだ動いているはずだったが、敵に目標を与えることになるので、ありとあらゆる街灯も家屋の室内灯も消してあった。天地すらわからない。もちろん、これが昼間なら、ミルクをぶちまけたような感じだろう。

ハント中尉は、空港周辺の銃撃戦の騒音を利用して小走りに移動した。この辺りの尾根の状況は良く知っている。基本的になだらかだが、ピークの東斜面は少し急になる。

サプレッサー付きのＨｋ-416を構え、しばし気配に耳を澄ます。敵とはそんなに離れていないはずだ。恐らく二〇〇メートル以内にいる。敵は、歩兵が近くにいることを知っているだろうか。

ハント中尉は、ポーチからフラッシュバンを一本取った。殺傷能力は全くない。本来は、暴徒鎮圧用の武器だ。大音響の閃光を出して、敵を一瞬、金縛り状態にする。だが、こういう状況では、他の使い道もできる。

ピンを抜き、最大投擲距離で放った。六〇ヤードほど飛んでいる内に、ハント中尉はその場に伏せた。フラッシュバンが地面に着地し、二、三度バウンドしてから爆発した。霧の中に、人影が浮かび上がった。一瞬動きが止まった。一〇〇ヤードも離れていなかった。

フラッシュバンの閃光は一瞬だが、それで十分だった。敵はこちらに向かってくる。

馬鹿な奴だと思った。ヘリが離陸した今、整備兵を殺してもたいして意味はないのに。危険を冒す価値はない。

ハントは、伏射姿勢を取りつつ、敵の次の動きを待った。このまま前進するか、それとも撤退するのか。

この辺りは、地形が複雑で、霧は数秒ごとにその様相が変化する。敵はその事実を知らないだろう。だが自分は知っている。それが強みだった。

霧が晴れ掛かっていた。このまま晴れるわけではない。だがほんの数秒、視程が回復するはずだ。

敵は、引き返そうとしていた。こちらに後ろ姿を見せていた。背後から撃つのは気が引ける。ハントは、わざわざ指笛を鳴らして敵の注意を引いた。

迷彩ドーランを塗ったギリースーツの男が振り返った瞬間、ダブルタップで引き金を引いた。倒れかかる敵に更に二発。だが……。狙撃兵ではない。サプレッサー付きのアサルトを持ってはいたが、狙撃銃ではなかった。奴はスポッターだったのか？　それともどこかに狙撃銃を置いて接近したのか……。

そうか……。

ハントは、無線機でライス軍曹を呼んだ。

「奴は、ヒルトップの陣地だ！……。たぶん食い物を漁っているぞ……」

潜入が長引いて食料がないのだ。敵を倒し、同時に食料や使えそうな装備を漁りに来たのだろう。ヘリへの攻撃はついでだ。

ハントは、アサルトを背中に回し、ピストルを右手に持ち替えて稜線を登った。

天蓋付きの陣地のスリット部分は僅かだ。だが、暗視ゴーグルで、中で誰かが蠢いているのがわかった。少なくとも味方ではない。

何かを奪って慌てて出ようとしているが、出入口がわからないのだ……。迷路というほどではないが、襲撃対策で、出口はL字型に掘った。自分らは使い慣れているが、暗い中で押し入った奴は迷子になってもおかしくない。

出入口に回り込む暇は無かった。右手に握ったP320ハンドガンを覗き穴のスリット部分から突っ込み、天井へ向けて二発撃った。そのマズル・フラッシュが陣地の中を照らした。ホセとティムが地面に倒れている。ギリースーツを着た影が、出口へと消える所だった。更に連射したが、敵の方がちょっと先に脱出した。

出口へと回り込む。敵は、狙撃銃を持って斜面を転がり落ちていた。霧が急に吹き付けてくる。自分も滑り落ちるように追い掛けたが、前方で牽制の手榴弾が爆発した。

マシューが背後から「殺られたのか！」と叫んだ。

「まだ近くにいるぞ。警戒しろ！」

「二人は？」

「息があればとっくに反応している。たぶん即死だ」

呼びかけても返事は無かった。

「なんでだ？」

「俺が考えるより早く先回りされた！　すまん」

空港の銃撃戦もいったん下火になった。霧が濃い間に、陣地の中を確認した。二人とも、プレート・キャリアは装着していたが、顔面を打ち抜かれていた。たぶん、音で注意を引いて、顔を出した所を至近距離からアサルトで狙撃したのだ。

当然警戒していたはずだが、こっちに戻ってくるとは思わなかったのだろう。指揮官として、ハントの責任だった。ハントも警戒すべきだった。

自分が撃ったのはスポッター役の兵士だ。狙撃兵は生き延びたと見ていい。食料を手に入れて。

くそっ！……。いつもと変わらないはずの一日だったのに。たったひと組の狙撃兵に何もかも滅茶苦茶にされた。

「二人はどうする？」

「明るくなるまではどうにもならない。ヘリが使えるなら、いったん収容して降ろそう。今は、奴が戻ってくるか、遠くから霧が晴れるのを待っているのか、備えなきゃならない」

「俺たちは、何かヘマをしでかしたのか？」

「俺のミスだ。敵を甘く見ていた。奴らはウクライナの戦場でも生き残った。生き残る術を知っていたんだろう。敵の裏を掻く術も」

銃声は完全に止んでいた。だが、霧が晴れたわけではなかった。


甘利一曹は、アラスカ航空のターミナル建て屋の陰に負傷者を担ぎ込ませた。貫通銃創が二人。防弾プレートとＦＡＳＴヘルメットに喰らった者が一人ずつ。貫通銃創は、後で原田に見てもらう必要があるだろうが、ひとまず動脈は外れている。腕と足だった。

原田が、後送の必要はありか？　と聞いてきたので、オスプレイを呼ぶよう頼んだ。

海岸線を見張っていた米海軍兵士にも、流れ弾で負傷者が出ていた。ハマーヘッド湾沿いの水産加工工場に避難していた住民にも、施設の壁に穴が開き、けが人が出ていた。

ベイカー中佐は、結局、一時間で起こされた。起こす気は無かったが、銃撃音で飛び起きていた。死傷者の有無を確認し終えるまで三〇分前後かかった。原田小隊は、直撃は無かったが、銃弾が跳ねた破片で軽微な負傷が何人かに出ていた。

ロシア軍の死傷者は不明。霧の向こうからうめき声が聞こえてくるが、助ける術は無かった。動ける者で、武器を捨てて、滑走路を這い、こちらに渡ってくる者が数名。誘導路まで渡り切った者は助けた。指揮所として使っている兵舎跡に、暖房入りの部屋を設けて野戦病院が用意してあった。

そうやってこちら側に助けられた兵士が四人いた。防弾プレートに二発喰らい、太ももに一発、腕も怪我しながら、ターニケットを自分で巻いて這ってきた猛者もいた。

原田は、衛星通信でシアトルの姜小隊と接続し、ロシア語遣いのボーンズこと姉小路(あねこうじ)実篤(さねあつ)二曹に通訳させて措置に当たった。ボーンズの話では、白系ロシア人の兵士はいず、一人はチェチェン人、一人はムスリム、残る二人は、中央アジア出身とのことだった。太ももを撃ち抜かれ、腕も負傷しながら二〇〇メートルも這ってこちら側に辿り着いたのはチェチェン人で、さすが戦さ慣れした民族だと誉めていた。

だが、四人とも急ぎ外科医の手当てと後送が必要だった。

ロシアの戦争では、こんなのは日常だったろう。ウクライナでは、たかが小さな町ひとつ攻略して前進するために、半日で百名からの兵士の命を犠牲にした。ロシアは、未だにそういう戦争をする国なのだ。

ベイカー中佐は、降りてきた日本の哨戒機から差し入れられた缶コーヒーを飲みながら、「どのくらい殺したと思うね？」と、応急手当を終えて戻ってきた原田に聞いた。

「思ったほど殺してはいないと思います。ロシア軍の防弾プレートも、そこそこ銃弾を止めている。その分、当然負傷者は多いでしょうが。霧が晴れたら、どのくらいの死体が転がり、まだ息のある兵士が何人いるかですね……」

「何の為に……」

「ええ。ウクライナでも毎日、それが問われたのでしょうね」

「こちらの戦死は、ネイビー・シールズの二名のみか？　それで済んだことを奇跡と呼ぶしかないが……」

シアトルから待田が呼びかけてきて、ペトロパブロフスクのエリゾヴォ空港に動きがあることを伝えてきた。ステルス戦闘機が着陸しているとのことだった。

すでに離陸した機体がいるかも知れないが、機体を発見出来るかどうかはわからないと。いずれにせよ、対処は航空自衛隊になるので、自分らでは何もできないとのことだった。

「第二波は無理そうね……」

司馬が、エリア内の何カ所かに設置して、MANETで映像が届けられる監視カメラの映像を見ながら言った。

「どうでしょう。彼ら、ウクライナでは、まるで旧日本軍並の無茶な突撃を繰り返しましたが。まるで、時間が止まったような国です。この二一世紀に、あんな無茶な戦争をやって、誰も責任を問われないんですから。戦場から子供の誘拐までやって……。そんなことは、日本軍ですらやらなかった」

「私は何とも思わないわね。戦争なんてただの殺し合いでしょう？　人間がその本能だけで暮らしていた石器時代に戻るだけの話よ。そして戦場から、労働力としての子供と、子供を生める若い女を連れ帰る」

「石器時代にもルールはあったと思いますよ。ネアンデルタール人だって、花を添えての埋葬の痕跡があったそうですから」

「それ、最近否定されているわよ。様々な季節の花粉が見つかるのは不合理で、それは動物がそこに運び込んだのだろうという説が強くなった。人間は自分たちの歴史に幻想を抱きすぎよ。われわれはただ殺し合うだけの種族。

アメリカ人は原爆投下を後悔したかしら？　原爆を作った人間の贖罪を三時間ドラマにして称賛はするけれど、それを無垢な市民の頭上に落とした政治家や軍人らを描こうとはしない。身勝手な生き物よ」

「ええ……。今の、日本語のやりとりで良かった」

「私だって一応幹部士官のはしくれですから、アメリカ人の前でそこまであけすけな物言いはしません」

すぐ隣で、ベイカー中佐が疲れた顔をしていた。

「中佐、もう一度寝て下さい。貴方には睡眠が必要です」

「眠ろうにも、眠れる気分じゃない。この季節、あっという間に夜は明けるが、こんなに長い夜は初めてだ。まるで時間が止まったように思える」

再び銃声が聞こえてくる。原田は、田口を呼んで何の音だ？　と質した。「銃殺の音でしょう」という返事だった。

「誰かが負傷兵を楽にしてやっているか、逃げ帰った者を銃殺刑にしているか」

「休戦を申し出たらどうでしょう？」

と原田は司馬に提案した。

「野戦病院を設営するような連中には見えない。助けられるものは助けたい」

「やめときなさい。オスプレイがまだ何機も必要になる。医者も足りないでしょう。ロシア兵を、負傷しているからと味方の護衛艦に何十人も収容するわけにはいかないわよ」

「応戦は、あと二回が限界です。弾が足りなくなる」

「霧が晴れたら、戦闘機を呼べば良いわ。爆弾数個で決着がつく。でも彼ら、旧日本軍とは動機が違うわよね。陸軍を動かしたのは、コンコルド効果だった。膨大な犠牲を払ったからには、止められない戦いになった。ロシアは、数で押せば、小さな戦場では勝てるとウクライナで学習した。それを再現しているだけ。事実として、こちらの弾薬を浪費させることは出来る」

中佐のウォーキートーキーが鳴っていた。水産加工工場で、衛生兵を求めていた。けが人は皆、命には別状ないが、手当は必要で、できれば後送すべきだと市長が言ってきた。

「行ってきなさい！　オスプレイは私が誘導します。水産加工工場前の護岸に降ろします。負傷兵も担架に乗せて向こうへ運ばせます」

「ハンヴィをお借りします、中佐」

「あと、気を付けるのよ。霧に紛れて町に忍び込んだ兵士がいるかもしれないから」

原田は、足下に置いたメディックバッグを背負うと、念のため銃も持って指揮所を出た。

ここから水産加工工場まで丁度一マイル、一・六キロだった。

「中佐、昼間もこんな天気なのですか？」

原田がハンヴィで出て行くと、司馬は中佐に聞いた。

「そうです。どれほどここの天候が酷いかと言うと、何しろ、離島ですから、新鮮な野菜が手に入らない。みんな自分の家の窓際にプランターを置いて葉っぱものの野菜を育てようとするんだが、日差しが弱くてすぐ枯れる。まず育たない。貨物船は不定期だし、ここでは、ビタミンのサプリが必須です。住民は皆、逞しいですけどね。それでもここはまだ、定期航空路があるだけましな方です」

ようやく、銃声が止んだ。司馬は、インカムを被り、全員にそのまま警戒を続けるよう命じた。バディで警戒を交代しつつ、銃と残弾、装備も点検しろと。

ニコライ・ゲセフ大佐は、指揮所まで引き揚げると、ブーツを脱いで溜まった水を捨てた。靴下も脱いでいったん絞った。南への迂回はもう少し上手く行くと思った。事実上、塹壕伝いだし。まとめて殺られるようなことはないと思った。

ここがウクライナなら、敵も必死だろうが、アメリカの西端、それも孤島だ。こんな所に派遣された不運な部隊が、必死に抵抗を試みるはずもないと思った。

だが、敵は一歩も退く気配はなかった。

「なあ曹長。これはどういうことだろうな?……。どうも理解出来ん。ここはウクライナじゃないだろう? なぜ彼らはこう必死に抵抗するのだ? それでボーナスでも出るのか?」

「米軍ではないかも知れません。ドーランを塗った敵の顔が見える距離まで出て負傷して引き返して来た兵が、あれは東洋人だと報告してました」

「では自衛隊なのか? 西海岸で治安回復に当たっているとかいう。日本人は、戦争の仕方なんてもう忘れているだろう? 北朝鮮がミサイルを撃つたびに国を挙げて震え上がっているような臆病銃撃を受けた。それでも、前へ進め！　進め！　と命じたわけだが、まず、そこに倒れた兵が障害物となった。挙げ句に息がある奴らは、後ろから前に出ようとした兵に水の中から抱きついてくる。阿鼻叫喚だったぞ。

緒戦で、丘の上から撃ち下ろしてきた奴らだ。五・五六ミリでも七・六二ミリでもない、新しい口径の弾を使う軽機関銃だ。あいつらだけは米陸軍だな。そっちは、韓国軍か？」

「わかりません。こちらも、死体の山を防壁代わりに利用して前に出ようとしたのですが、恐ろしく手練れな兵士たちです。対戦車ロケット弾を持参すべきでした。昔のRPGでも良かった」

「ここに戦車がいないことはわかっていたからな……」

「それで、大隊長のイーゴリが、事実上、部隊の半数を失ったが、どうするのか？　と言ってましな奴らだぞ」

「自分は、韓国ではないかと思っています。韓国軍の兵士なら、この頑強な抵抗も理解できる。日本も韓国も、アメリカの植民地みたいなものでしょうから、ここで死ねと言われれば、そうするしかないでしょう」

「ああ！　われわれも植民地が欲しいな。そここそ豊かで、共に戦ってくれる頼れる植民地が。今のロシアの植民地なんて、お荷物な国ばかりだぞ。ウクライナが頭ひとつ抜け出て支えてくれるはずだったのに」

旅団参謀のアンドレイ・セドワ中佐が現れて、北側の死傷者というか、行方不明者数を報告した。

「そちらはどうでしたか？　こっちで時間稼ぎしている隙に、突破できると期待してましたが……」

「運河というか、水たまりを前進している所に、た」

「事実を報告して援軍を要請するさ。何もしちゃくれんだろうから、しばらく考える。一時間とか、夜明けまでとか、威力偵察を仕掛けて敵を脅しつつな。そうしないと、今度は敵が仕掛けてくるだろう。こちらはまだ戦闘意欲があることを誇示しなきゃならん。士気はどうだ？」

「明るくなってみないと何とも言えませんが、古参兵は、普段通りです。ウクライナを思えば、まだ初日ですから。この後、塹壕暮らしが三〇日も続くとは思えません」

「食い物がないぞ。三日分も持ってきてないだろう。今頃は、スーパーの棚を漁っている予定だったのだから」

「いろいろ了解です。こちらも威力偵察を出しつつ持久します」

「指揮所は小まめに移せ。霧が晴れ次第、誘導爆弾が降ってくるぞ」

中佐が暗闇に消えていくと、ゲセフ大佐は、履こうとした靴下を、ベルトに挟んだ。

「曹長は、代えの靴下持参だよな？」

「はい。自分は、いつもそうです。使いますか？」

「いや、しばらく裸足で過ごすよ。ということは、曹長は、この戦いが泥沼に嵌まるという予感があったのか？」

「いえ。自分は、どんな戦いでも、持参する装備は変えない主義です。戦場の様相を考えて、装備を加減すると縁起が悪いというか、マーフィの法則に嵌まるので」

「出撃する前に、その教訓を聞いておきたかったたな」

「ご心配なく。戦死した兵士の装備は、タバコ一本からパンツに至るまで有効に再利用されますから、大佐殿の靴下を何足か確保させます」

「闇市が繁盛しそうだな。胸が痛むが頼むよ。寒いし、みっともない。敵は、われわれをどう評価すると思う？」

「バカだとは思わないでしょう。今回はたまたま、アメリカ人が言うワンサイド・ゲームになっただけです。ウクライナで鍛えられた百戦錬磨の部隊だということは肝に銘じているはずですから。しかし、こんな戦いを強いられて、同情くらいはしてくれるかも知れません」

「空挺堡は築いた。敵の増援は想定外だった。雲が晴れて、スパイ衛星が地上の死体の山を撮影すれば、われわれに勝ち目が無いことはモスクワも理解するだろう。それで増援があるとは思えないが……」

「そうですね。これが、いつものロシアです。ロシアの戦い方だ」

　ゲセフは、乾いた軍靴の確保を命じるのは厚かましいだろうかと思った。野蛮で強欲。それがロシア軍の正義であり伝統だ。その貪欲さでわれわれは領土を広げてきたのだ。いまさら恥じるべきことでもない。

第六章　ヤード

航空自衛隊第308飛行隊の四機の戦闘機は、夕暮れのアトカ島に降り立った。

パイロットの宮瀬茜（みやせあかね）一尉を含め、F・35B型ステルス戦闘機四機編隊のパイロット全員が抱いた第一印象は、ここは地の果てだ……、というものだった。地の果てで無ければ、まだ生命が誕生する前の、ようやく造山運動が落ち着いた直後の数十億年前の地球のどこかだろうと思えた。

人工物が何も無い峨々（がが）とした大自然の孤島が、弓のように太平洋に隆起し、ベーリング海と太平洋を分けているのだ。

シアトル沖のアメリカ領海内に留まるヘリ空母〝かが〟を飛び立ち、アトカ島に着陸したのは日が落ちる直前だった。

彼女らは本来、海上自衛隊の護衛艦隊、空母機動部隊を守るのが任務だが、艦隊がシアトル沖に展開している状況下では、陸上基地から運用する戦闘機の護衛で間に合う。わざわざヘリ空母から飛び立つ必要は無い。

いったんはオカに上がって運用することになったが、アダック島にロシア軍が空挺降下してきたという急報に接して、急遽出撃したのだった。艦隊を見張る中国海軍を誤魔化すため、カナダ領空からエルメンドルフ空軍基地経由の大回りなフライトだった。

だが、爆撃任務ではない。あくまでもアダック島の制空権を維持することが目的だ。そのため、いつものように空対空ミサイルしか装備していなかった。

ここで給油は出来ないので、空中給油機に頼ることになる。

南北に長さ一〇〇〇メートルしかない飛行場は、細い滑走路が一本あるのみ。誘導路もないため、離着陸には工夫が必要だ。機体を回頭する場所も限られる。

滑走路が短いため、通常の戦闘機や哨戒機の運用には向かない。短距離離着陸が出来るSTOVL（短距離離陸・垂直着陸）機ならではの任務だ。給油は、軽くした機体で離陸し、上空に上がってから行うのがベターだった。

幸い、アダック島は近くだ。アダック島飛行場は、彼女らが降りたアトカ島飛行場の滑走路からほんの一七〇キロしか離れていない。東京・静岡間の距離に過ぎない。給油機がいなくとも、一戦やって降りてくるだけの余裕がないわけではなかった。

遅い日没を迎えると、滑走路脇に建つ空港建屋で灯油ストーブを燃やして冷気に耐えた。

誰かが、まるで知床の漁師小屋だ……、とぼやいた。ここに羆はいないだろう。だが、狼の警告は受けていた。何者かが、このアリューシャン列島沿いの孤島に、狼を放しているらしいとの警告がアダック島から届いていた。

こんな島に人が住んで暮らしているなんて俄には信じられなかったが、住宅地を彼女らが目撃することはないだろうとのことだった。それは滑走路の南側海岸沿いにあるが、ここに離着陸する機体は、原則として北から進入して着陸し、南端手前でエプロン・エリアに入って回頭してまた北へと離陸する必要があるからだ。その町には、百人近くの住民が暮らし、ハイスクールまでの学校もあるらしい。

ただし、暗くなった今は、灯火管制が敷かれて町に灯りは無かった。ロシア軍の接近を防ぐために、部屋の灯りを落とすよう、沿岸警備隊の隊員が一戸一戸回っているとのことだった。

降りてきた四機は回頭を終え、二機はエプロンで待機していた。パイロットもコクピット待機。無線に耳を傾け、いつでも緊急発進できるよう備えている。

残る二人は、その建て屋での待機。ここにもし、哨戒機の一機でも緊急着陸してきたら面倒なことになる。エプロンにはもう他の機体が入るような空間はなく、大型機の旋回にはエプロンの空間を一杯使う必要があるため、この四機を離陸させる必要がある。

まず、ペトロパブロフスクのエリゾヴォ空港から、ツポレフ‐95〝ベア〟型哨戒機が飛び立ったという情報が入った。続いて、最新鋭のステルス戦闘機が着陸してきたらしいと。その情報で少し緊張が高まっていた。

ペトロパブロフスクからアダック島まで、まっすぐ飛んでも一六〇〇キロはある。プロペラ機では三時間近く掛かるはずだ。

だが単独で飛んできたベアは、真っ直ぐは飛ばなかった。アダック島の南北を警戒する海自の哨戒機二機のレーダーの端すれすれを飛んではいるが、アダック島には接近しない。前回は、電子妨害を仕掛けられ、その隙に輸送機がアダック島上空で兵士を空挺降下させた。今回もまた何か仕掛けてきそうだった。

飛行隊長の阿木辰雄(あぎたつお)二佐と宮瀬一尉は、その建て屋の中で、暗いLEDライトを点して過ごしていた。LEDライトが暗いのは、電気がないからではなく、すぐ飛び立てるよう、ある程度の夜目を維持するためだった。

「昔、ソロで飛んだ時、瀬戸内の島々を上空から見下ろして、いったいどんな暮らしがあるんだろうと思ったものだ。防府から飛べばほんの三〇分だが、陸路を走って船に乗るとなると一日掛かりの旅になる。こんな不便な所で暮らす理由は何だろうとな。君も都会育ちだろう？」

「はい。たまには、良いと思いますね。こういう所に、一週間、二週間滞在してボーとして過ごすのも。でも、どこに住もうが、自由ですよね」

「緊張をほぐすためのせっかくの無駄話が、これで終わったな」

「〝ベア〟は、何が目的なんでしょうか？」

「ここ数日飛んでいるベアかどうかはわからない。哨戒型か、偵察型か、あるいは電子戦型か。昨日の奴は、ずっとエリゾヴォ空港を拠点に飛んでいるが、ツポレフTu‐95RT、NATOコード、〝ベアD〟タイプだな。哨戒機というくくりにされているが、海上偵察と電子情報収集、あげくにミサイルの誘導もできるんだろう？　私の防人同期の遠藤が乗るP‐1哨戒機がいつもぴたりと張り着いている。たがいにちょっかいを出し合っていて、いずれ接触事故でも起こさなきゃ良いが……。陽動だとすると、次は戦闘機が飛んできて、アダックの施設にミサイルでもぶち込むんだろう」

「キンジャール・ミサイルなんて、マッハ10ですよ？　ウクライナはどうやって迎撃したんでしょう」

「マッハ10なんて私は信じない。戦闘機がマッハ2でも出してみろ。熱であちこち溶け始めて飴のようになる。いくら使い捨てのミサイルといえども、こんな速度の熱には耐えられない。いいところでマッハ3だろう。そして、それはペトリオットでも撃墜できる。ペトリで叩き墜せるということは、AMRAAMでも撃墜できるということだ。私は楽観的だよ。それに、あのミサイルはでかくて重たいから、運べる戦闘機も限られる」

「これまで、エリゾヴァ空港から戦闘機は飛んでないですよね？」

「そうだろうな。あそこは狭い。冷戦時代はそれなりの部隊もいただろうが、中国はエリゾヴァ空港経由でバディ給油しつつ予備の戦闘機を空母機動部隊に届けた。だが、そもそもあの軍民共用空港の規模を考えると、戦争だからと大部隊を置いてベーリング海で示威行動するような余裕はないだろう。まずあっという間に燃料タンクが空になる。ロシアにとって、極東は今でも裏庭だ。その裏庭であるアラスカを返せ！　という主張がどこまで本気なのか」

「露軍のアダック攻略は、中国との付き合いだろうという話ですか？」

「私もそう思うよ。あそこを奪ったからと言って、アラスカに戦車で上陸できるわけでもないからな。ただ、シェミアやアダックから、いろいろと仕掛けられるのは嫌だろう。シェミアは島自体が小さいからミサイルを叩き込むだけで基地機能を無力化できるが、アダックは陸兵で占領しないことには、いつでも復興できる余地がある。それに、奪えれば使い道はそれなりにある。住民の住居もそのまま使えるし。その程度の話だろうと思うな。ロシアの戦争は、西側の理屈ではよくわからんから」


戦闘機のエンジンが掛かった。四番機のパイロットが顔を出し、「ヤキマから、ひとまず上がれ！

の命令です。給油機とランデブーしろと」と告げた。

「よし、上がってランデブー・ポイントに向かえ。われわれは一〇分遅れで離陸する」

コクピットに上がってエンジンを始動し、ネットワークを接続すると、後続の四機編隊がすでにエルメンドルフを発進していた。

中国ではない。恐らくはロシアの大規模な航空攻勢が始まったのだ。カムチャッカ半島越えは、尋常な作戦ではない。事実上、沿海州から戦闘機を飛ばすことになる。日本から発進してミッドウェイで給油し、ハワイ上空で戦うようなものだ。

ウクライナで疲弊したロシア空軍に、まだそんな力が残っているかどうか怪しいものだったが……。

ユニオン・パシフィック鉄道アルゴ車両基地（ヤード）を渡る4thアベニューの橋の一〇〇メートル手前、自動車整備工場やサプライ・ショップが建ち並ぶエリアの一角に、指揮通信車両〝ベス〟が止まっていた。

姜二佐が乗る〝メグ〟は、そこから三〇〇メートル西側の1thアベニューの橋の手前で配置に就いた。

地元、ワシントン州当局、シアトル市警、連邦政府関係者が先頭に立ち、そこに置かれたコンテナ車を一両ずつ確認していく手筈になっていた。貨車のロックは全て破壊し、外からも内からも鍵を掛けられないようにする手筈だった。

中には、ホッパ車のように、小麦やコーンを運ぶための簡単な構造の車両もあるが、海運用のコンテナ車はやっかいだった。

群衆は、まずホッパ車の底に残された小麦やコーンを目当てに車両基地に押し入った。そこで料理が始まり、キャンプ村が出来た。

「待田さん、これ、貨車というか、ホッパ車も含めて、全台数数えられるの？」

と土門恵理子が待田に聞いた。アダック島は相変わらず低い雲と霧に覆われ、しかし戦闘は一段落したので、待田はシアトルの〝栄光の翼〟作戦のヘルプに入っていた。

「スキャン・イーグルが撮影したデータを、ＡＩが計算して数字を出しています。この敷地内に関して言えば、全部で一九八二両と出ていますね。鉄路が止まっているせいで、ありとあらゆる貨車が軌道上に止められています。一部は台車に乗せられ、レールがない所にも並べられている」

「この鉄道は、どこまで走っているのですか？」

と榊一尉が聞いた。

「ええと、東はシカゴまで、南はニューオリンズかしら。たぶん、シカゴ経由で、ニューオリンズまで四日くらい掛かるはずよ」

「この貨車の長さ、一キロくらいはありそうだ」

「一キロなんて短い方です。確かギネスに載っているもので、全長七キロくらいだったはず。そりゃもううっかり踏切で止められようものなら、昼寝ができるそうだから。それで、これも普通の避難民と、敵意を持った武装集団をＡＩが区別してマーキングしてくれるの？」

「わかりません。今現在、ＡＩが認知している群衆の数自体が、三〇〇〇から五〇〇〇の範囲内で大きく揺れ動いている。それほどの数がこんな時間帯に蠢いているということです。

このソフトウェアのサブスク・サービスを提供している会社の本社はアメリカです。支社は欧州にもアジアにもある。われわれは実は、その東京支社と契約しています。表向きは、日本では警察向けの群衆整理のサービスを展開していることになっていて、自衛隊相手の商売をやっていることは秘密ですけれど。それで、東京支社のマネージャーに電話して聞いてみたんです。この規模の群衆でもリスク評価は可能かどうか。アメリカ本社はもう電話にもメールにも出ないから、本社に問い合わせようがない。ただ、分析ツールとしてのAIは欧州にも日本にもサーバーがあって、それは今も学習を続けている。とりわけ、この騒乱発生以来、凄まじい速度で学習している。だから、会社としてサービス内容を保証はできないが、ある程度は機能するかも知れないとのことです。でないと、人力では区別のしようがない。敵は恐らく、この群衆に紛れて、味方を撃ってくるでしょうから」

「それで、MANETを張るための中継器を積んだドローンを何機か飛ばすわけでしょう？　ハッキングされる恐れはないの？　下には、スマホを持った大勢の群衆がいる。ネットはダウンしていて、バッテリーもないはずなのに、なぜか皆電源を入れている。モンキー・アタックみたいなことを受ける心配はないの？　DNS攻撃みたいな」

「まず、われわれが使うMANETには、民生用と軍事用の回線があって、たとえば恵理子さんが自分のスマホでネットしたい時には、民生用回線を一時的に開放します。しかし普段、それは閉じているので、スマホ側で、実はワイファイの無線電波が飛んでいることを気付くことはありません。電波傍受部隊にはバレバレですけどね。だからその手の、数で押してくる攻撃には耐性がありますす」

「敵が同様のシステムを使ってくる可能性は？」

「ロシア軍は使わないですね。解放軍はこの手の新技術の導入に積極的です。陸自の二〇年先を行っている」

〝メグ〟と〝ベス〟、そしてシアトル空港の水機団指揮所との間が映像回線で結ばれ、それぞれコンソールに向かっている様子が背後から映し出された。

「こちらデナリ。ああ……、ガル。そこに部外者がいるような気がするが？」

と土門陸将補が小言めいた口調で告げた。

「部外者ではないと思いますが。少なくとも民間人ではありません」

「出せ出せ！　叩き出せ！――」

「ここは治安がよろしくありません。何しろ車両を一個小隊で守っているくらいです。そちらまで送り届けるために、装甲車一台と隊員を複数同行させることになりますが？」

恵理子が振り返り、頭上に設置されたカメラを見上げて笑顔でVサインを作った。

「ヘルメットをちゃんと被れ！　ブラックバーン、全員の無線は繋がっているな？」

「はい。問題ありません。MANETは順調に作動中です。全員の位置も正確に把握しています」

「よし、オールハンド！　こちらは、デナリだ。お前達は決して、前に出るな。あくまでも通信指令要員だということを忘れるな。群衆はゾンビの集団だと思え。撃ってもきりがないぞ。だから、群衆に囲まれる前に、脱出する。その指示を与える必要があるから、決して各部隊のリーダーの近くを離れるな。全部で一〇チームが両翼に展開して東南角から、北西角へと掃討していく。ガル、今、これ画面の左半分のターゲットがモノクロ状態で、右半分の人間がイエローでマーキングされているがどういう意味だ？」

「ＡＩの負荷を減らし、精度を稼ぐために、西側は無視するよう命令しました。いま集中している東南方向側に脅威は存在しません」

「アサルトの類いは判定するんだろうな？」

「はい。個人個人の両腕両手がどういう状態かを個別にサーベイランスします。骨格や身長、フォルム、歩幅から性別とだいたいの年齢を推定、個人のプロファイルを作成してナンバーを振り、記憶します。右手に持っているのが星条旗か金属バットかを識別し、上着の下で隠し持つピストルも、ある程度は推測できる。コートを着た人間が、ケツにピストルを隠し持っている所まではまだわかりませんが。これは、ごく少人数で実験した時のものだそうです」

「味方の兵士は堂々と武装しているわけだが、混戦状態になっても見分けられるのか？」

「すでに識別済みです。画面がごちゃごちゃするので、スケルトンにしているだけです」

待田がコンソールを操作して、操作アイコンをクリックすると、味方の兵士全員が、薄い青のドットで表示された。指揮所でおお！　と歓声が上がった。

「ここから誰かが誘拐されても追跡できるのか？」

「一応、可能だという話です。ＡＩがそういう異常な状況を検知すると、アラートを発すると」

「わかった。本当にこれは、人間をバカに戻す機械だな。よし、オールハンド。一〇チームで前進する。先を急ぐ必要はないぞ。特に時間の制限は設けていない。どの道、この巨大なヤードの掃討は夜明けまでには終わらんだろう。ご安全にって奴だ。各チーム・リーダーにＧＯ指令を出せ！」

　ＡＩはすでに武装している者たちをピックアップして赤い輝点で表示している。そこをズームアップし、マウスの矢印を近づけると、個人情報が表示された。発見されてからの時間、推定身長、性別、年齢、持っている武器の推定まで。更に脅威度判定を行い、撃ってくる可能性を計算する。その可能性が五〇パーセントを超えるターゲットはまだいなかった。

姜二佐は、部隊が一斉に動き出すのを〝メグ〟のコンソールで監視していた。一チームに部下を二名貼り付けてある。一人はタブレットで情報収集、ここで見られるものとほぼ同じ映像を見ている。もう一人は、伝令兼護衛だ。群衆の中に入っていくのだ。敵に隙を見せないよう、常に武装した兵士で、周囲を威嚇する必要があった。

モニターのひとつに、音を消したBBCニュースとNHKニュースが映っている。CNNは、ニューヨーク支局は潰滅、本社のアトランタ総局も電力が尽きて電波は出ていなかった。

出だしは順調で、掃討済みを示すグリーンラインが徐々に北西へと上がっていくのがわかった。

「BBCは、夕方から同じニュースの繰り返しなのね……」

ナンシー・パラトク捜査官が手持ち無沙汰に言った。加州選出議員と、テキサス州知事のニュースだ。

「このパク議員。私、全然知らなかったのだけど、すんなり大統領候補になるのかしら?」

と姜はパラトクに聞いた。

「民主党はお爺ちゃんを担いで後悔したから、次は若手で決まりだと思います。黒人、白人、そろそろアジア系候補が誕生しても良い頃だとは思うけれど、でも次はインド系とかが無難じゃないかと思いますよ。インド系は、実業家が多いから資金集めも手堅いし。でも彼、演説は上手いですよね。うちの職場に、年配の韓国系捜査官がいましたけど、オバマが現れた時のような新鮮さがあると言ってました。私は、まだ子供だったので、オバマがスポットライトを浴びた党大会のこととか全然知らないんですけれど。

それに、ここだけのお話ですが、私は、テキサス州知事の方を推します。ここシアトルは民主党の牙城だから、大きな声では言えないですけど、合衆国大統領は世界中の指導者にタメ口で話して、アメリカのマイルールを押しつけなきゃならないのに、東洋人って、そういうイメージじゃないでしょう。パク大統領とかから、防衛費を増やせ！　と求められても、お宅のリーダーは、はいそうですか！　と震えあがったりしないでしょう？　もちろん、私はトランプなんてこれっぽっちも支持しないけれど、でもトランプ的なものって、アメリカ人は大なり小なり欲しているんですよ。だからバトラーみたいなのが受ける」

スキャン・イーグルが、ヤード上空を飛ぶドローンを発見してマーキングした。

「ガル、これどうするの？」

と姜はモニター越しに聞いた。

「しばらく泳がせて、コントロールしている電波発信源を突き止めた後に、まずドローン・ディフェンダーで撃墜を試み、しかし軍用ドローン・レベルだと電磁波攻撃は効きにくいので、失敗したらカウンター・ドローンを飛ばして叩き墜します」

「了解。処理を任せます」

作戦開始後一〇分で一〇〇メートル前進できた。その間、処理した避難民の数はまだほんの二〇〇名足らずだったが、一発の銃声も聞こえなかった。辺りは暗く、マグライトを持つのは、貨車の中を確認する州や市警の制服警官らのみだ。それら貨車やコンテナの中で夜を凌ぐ避難民らにはたいした灯りもない。

この数の群衆の中では、たった一発の銃声でパニックが起こる可能性がある。幸先の良いスタ－

トだった。

　時折、ヘリの羽音が聞こえてくる。ブラック・オスプレイと、CH‐47JA、キャリバーCHが、いざという時に備えて洋上を飛んでいた。本当にどうしようもない状況に陥ったら、避難民を巻き込む覚悟で、上空から機関銃で一掃することが関係機関の中で決定済みだった。

　AIが、人の出入りが怪しげな貨車としてマーキングしているコンテナが何カ所か存在していた。そしてこんな時間帯にわざわざこのヤードに近付いてくる人間も、不審者として追跡されていた。その数は、すでに三〇〇人を超えていた。AIは、その三〇〇人全員にナンバーを振り、識別作業を開始していた。

　アラン・ソンダイク少佐とレニー・ギルバート曹長は、部下が操縦するドローンの映像をタブレット端末で覗き込んでいた。

「一発も銃声が聞こえないですね……」

「数メートル置きに兵士が立って、テント村を前進し、貨車を一両一両チェックしている。ぶっ放した瞬間に、十字砲火を喰らうだろうな。よほどのバカでなければ、知らん顔をするしかない。もう少し待とう。群衆がパニックを起こし、彼らの退路を塞ぐまで待つ。そこから一気に仕掛けて……。アマ無線とラジオで流す原稿は出来た？」

　ギルバート曹長が、テーブルに置かれたペーパーを何枚か取って手渡した。

　ソンダイク少佐がそれを、テーブルに置かれたLEDライトに照らして斜め読みした。

「録音している連中もいるだろうから、あまり芝居っぽくならないようにしたいが……」

「そこは本人たちにも注意してあります。たとえばここ……。シエラに読ませる原稿には、銃声が何発か聞こえる……、と書きましたが、タンゴが読む予定の原稿には、まるでマシンガンのように乱射している！　いや、あれはマシンガンだ！　とはっきり書きました。シエラは少し遠くにいて、タンゴは近くというか、その騒乱のまっただ中にいるという設定です」

「良いだろう。ＬＡの奴ら……。アマ無線でファクト・チェックもくそもないだろうに」

「そのファクト・チェックしている奴らに関して、三角点測量で、だいたい場所はわかっているそうです。ワッツ地区の、本来は治安が良くない場所から電波が出ているそうで、一応、探らせてはいるのですが」

「曹長、この戦いはまだまだ長く続くことになる。明日明後日、ここで決着がつくわけじゃない。ここでの戦いは、大きく貢献はするだろうが。だから、時間は掛かっても良いから、この敵は潰すしかないぞ。スパイを送り込むなり、部隊を送り込んで一網打尽にするなりして。たかが情報戦だなどと思うな。これは認知戦の領域だ。今日まではわれわれは勝ってきたつもりだが、こんな形で足下から崩れるかもしれん。油断はするな。ロシア人も解放軍も、そこまで面倒見ちゃくれんだろう」

「はい。ジェロニモに発破を掛けます」

「使えるのか？　ジェロニモは。軍歴はないのだろう？」

「われわれとは全く違うタイプの人間ですね。刑務所と娑婆(しゃば)を行ったり来たり、口より先に手が出るタイプだと聞いています。こういう戦いは、インテリだけでは勝てません。軍人だけでも」

「話はわかるが、結果が全てだ。ＬＡなんて最後まで焼け野原のまま街ごと消えても不思議は無かったのに、ベルリン大空輪で真っ先に治安が回復するなんて。あのパク議員も黙らせなきゃならん！」

「スポケーンは、拙かったですね。こちらの協力者を配置する前に、バトラーなんてここにはいない！　と現地からのリポートを広められたのは」

「アフガンでもそうだった。たいした武器も持たない烏合の衆だと敵を舐めて掛かったら、あのザマだ！」

グラディエーター・トムことトーマス・マッケンジー大佐は、指揮所の片隅で、ソファに軽く座っていた。落ち着きが無く、そわそわしている感じだった。

あれは、ある種のＰＴＳＤだなとソンダイク少佐は思った。再会するまでは、あれやこれやのストレスが彼を破壊したのだろうと思っていたが、どちらかといえば、これまでも数多見てきたＰＴＳＤのように見えた。

何発も敵の弾を浴びて生き残った戦場の英雄さえも蝕む。弾は物理的な攻撃だが、戦争は、戦争という過酷な体験は、精神をじわじわと侵食して人間を破壊し、こんな哀れな姿に変える。

アメリカはそんな戦いを四半世紀も続けて敗れ去った。惨めに撤退した。膨大な軍備を費やし、兵士を浪費し、そして、もう誰もあのアフガンの戦争のことを覚えていない。口にも出したがらない。次の戦争が世界のどこかで起こり、人々の関心も遷ろう。

だが、その負け戦の代償をわれわれはこの後も払い続けることになるのだ。戦場で戦った以上の年月を掛けて、その代償を払い続けることになる。ベトナムがそうだったように、アフガンでもそうなるのだ。あの傷が癒えるまで、まだ二〇年は掛かることだろう。

「君は、立ち直ったか？」と少佐は、ぽつりと呟いた。

「食わなきゃならない……。自分も大佐殿もそうだったんです。少佐は、軍に残ることで、その傷を誤魔化せた。次の戦いに備えることで傷跡を覗く暇も無かったことでしょう。自分は、食うために働くことで見ないことにした。振り向かないことにした。だが大佐は、向き合うしか無かったんです。あの人は毎日、そうやって戦い続け、壊れていった。誰にも責められないし、われわれにも救えなかった。しかし、バトラーが言うように、カリスマは必要です。もっとカリスマが必要だ！　彼の存在そのものがこの戦いを勝利に導くでしょう」

「私の祖父は、ベトナム帰還兵だった。祖父もこんな惨めな経験をしたのかと思ったが……。あの頃は徴兵で、不運な奴らがみんな同じ思いをしたが、それを共有する仲間がいてくれた。アフガンは違った。隣人にそんな話をした所で、それは大変だったたね？　と笑顔が返ってくるだけだ」

「負け戦になったからです。この戦いは勝たなきゃならない。国を作り替えるために」

「そうだな。敵のドローンも飛んでいる。慎重に、一気に動くぞ。奴らに対応する時間を与えないよう」

カナダ軍の動きが変だった。前夜とはまるで違う。統制が取れた動きだ。たぶん暗視ゴーグルの入手はあっただろうし、日本の歩兵部隊も付いているとはいえ、彼らにこんな整然とした動きが出来るのか不思議だった。

前夜とは違う相手のように思えた。だがそれも、もうしばらく後にははっきりするだろう。

待田は、部隊が動き始めると同時にスキャン・イーグルの二機目を発進させた。一機は高度一〇〇〇〇フィートから地上を見下ろしているが、もう一機は四〇〇〇フィートまで高度を落とさせ、人間の顔が個人識別できる高度で監視させた。

その二機目が、コストコの駐車場を南へ歩いてくる集団を発見してズームした。すぐに、脅威度がマックスに設定された。八名。完全武装、アサルトに暗視ゴーグルまで装備して走ってくる。

「ガル、こいつらはコストコから出て来たのか？」

「わかりません。監視エリアの外側だったので」

「間違い無く敵だな？」

「北側から増援が入るという報告はありません」

「駐車場を渡り切ってヤードに入るまで……、攻撃は間に合わないか……」

すでにその駐車場を半分は渡り切った。残り一〇〇メートルでヤードだ。皆同じ考えだった。あっという間に駐車場を渡り切ってしまう。

「フェンスがある！　フェンスを越えるのに時間が掛かる。将軍、撃って下さい！　州軍として、攻撃を許可します」

土門の隣で、モニターを見ていたコスポーザ少佐が攻撃を急かした。

「間に合うのか……。ガンシップ・ワンに攻撃を命令。コストコ駐車場を横切り、ヤードに入る武装兵を排除せよ。あれ本当に敵だろうな……」

「味方なら、まずわれわれとの合流を目指しますよ」

姜二佐は、４thアベニューの橋の上に潜む狙撃チームに待機を命じた。

「ニードル、フェンスを突破してヤードに侵入する敵を排除しなさい！」

「了解。射点へ移動します」

ニードルこと由良慎司（ゆらしんじ）三曹と、ボーンズこと姉小路実篤二曹が、護衛の二名を従えて走り出した。

同時に、ドローン・ディフェンダーを持つ隊員が、正体不明なドローンの撃墜を試みたが失敗した。

待田が迎撃用ドローンを発進させる。

敵は、フェンス際まで辿り着き、巨大なカッターを出して、フェンスの切断に取りかかった。だが、なぜかすぐその作業を止めて撤収し始めた。近くの建物の陰に入った。

「読まれてるぞ！　こちらの動きが読まれている。ガル、この駐車場脇の建物は何だ……」

「ええと、たぶん、ガス・ステーションだと思いますね」

「ボーンズ、敵を確認し次第報告せよ」と土門が命じた。

だが、その必要は無かった。橋の上を走っている四人のコマンドに向けて、ガソリンスタンドの屋根の下から、敵が撃ってきた。四人が咄嗟にその場に伏せて攻撃を凌ぐ。距離は二〇〇メートルも離れていない。狙撃チームは身動きが取れなくなった。コンクリートの分厚い側壁に守られて、頭さえ上げなければ安全だったが、匍匐前進するしかなかった。

「ガル、ガソリンスタンドってことは、あれは壁はないんだよな？　屋根だけ。しかも、地下のタンクはとっくに空だろう。爆発もしない。斉射しよう！　ガンシップ・ワンは後退。ガンシップ・ツー。M240で、ガス・ステーションを掃討せよ！」

洋上からブラック・オスプレイが飛来し、ヤードを南から回り込んだ。後部ドアに設置されたM240機関銃が火を噴き、曳光弾が地上に降り注ぐ。跳弾が四方に散る。一部の兵は、すぐ隣を走る4thアベニューの橋桁の陰へと逃げ込んだ。

オスプレイは、百発近い銃弾でガス・ステーションの屋根をズタボロにしていったん飛び去った。

由良は、338ノルマ・マグナム弾を使用するバレットMRAD(Mk22)狙撃銃を側壁に乗せ、暗視スコープを覗きながら生き残った敵の掃討を始めた。

だが、橋桁の下に逃げ込んだ敵の様子がわからないので、姜は、そこにいた四名に後退するよう命じた。

静けさが戻ると、土門は、「コストコから出て来たのか?」と待田に問うた。

「今の敵がコストコから出てきたのか、それともコストコの中なり、側面を通ってきただけなのかは不明です。データを遡ってみないと」

「やってくれ。敵はすでにヤードの中にもいるが、外からもやってくるぞ。あと、橋桁に隠れた敵の動きに注意しろ」

「デナリ、橋桁を掃討しますか?」

と姜二佐が聞いていた。

掃討部隊が橋の下まで到達するには、まだ二〇〇メートル以上はあった。あの装備の敵を掃討するために、危険を冒す必要があるか?

土門は、コスポーザ少佐の顔を見遣った。少佐は、首を横に振った。

「ロシアの傭兵かも知れないが、上から丸見えだということに気付いたことでしょう。守りに入ることになる。撃ち合いになれば、こちらも犠牲を払う。かと言って、誘導ミサイルで橋桁ごと吹き飛ばす価値もない。今は無視しましょう」

「同感だ。ガル、あれはロシア兵だったのか?」

「銃の判別が付きません。もう少しはっきり見えないと。引き続き監視します」

「周辺の建物まで監視エリアを拡大しろ。ヤード内に配置された要員は、ただの囮かも知れない」

敵は、てっきりすでに中にいるものと思っていた。AIも次々と危険人物をピックアップしてい

COSTC
WHOLES

た。だが、彼らは囮か、せいぜい雑兵扱いの存在だったのかも知れない。

本命は、外からやって来るのか。

ソンダイク少佐は、ドローンの映像が突然乱れて、ぷつりと切れるのを見た。

電磁波による妨害に強い軍用ドローンを用意したが、敵はその撃墜を準備していた。しかも、出撃した部隊は、たちまち発見され、掃討された。幸い、直前に気付いて全滅は避けられたが。

「何だ?……、こいつら。あっという間にオスプレイが飛んできて……」

「作戦を練り直す必要がありますね。われわれも身動きがとれなくなったかも知れない」

「ヤードの中にいる連中を動かすか? 頼りにはならんが、騒乱を起こす程度のことはできるだろう」

「クインシーの二の舞で終わりそうな気はしますが、数だけは多い。それで時間を稼いでいる内に、作戦を練り直しましょう」

「空港でも大勢を無駄死にさせた。仲間の血で汚れた手だな……」

ヤードの中で、ポツポツと発砲が始まった。誰を狙って撃っているわけではない。寝ている避難民を起こし、不安を与え、パニックを起こすための発砲だった。

前線を押し上げていた合同部隊が一斉にその場に伏せて、流れ弾から逃れようとした。

姜は、橋の上で待機する狙撃チームに発砲を許可した。彼らは、線路と線路の隙間が見える場所に陣取り、そこで発砲している人間を一人、また一人と倒して静寂を取り戻した。

そして再び前線を押し上げるべく前進が始まる。

先頭のグリーンラインはほどなくして、4thアベニューの橋の下を潜った。これで、面積的に、制圧すべきエリアの五分の二ほどだった。掃討が終わったエリアでは、警備の兵士がほぼ等間隔で残った。

シアトル空港の指揮所では、このまま大きな戦闘にならずに完了すればと、皆が固唾をのんで見守った。

アダック島では、霧が晴れようとしていた。雲はまだ低く垂れ込めていた。

ロシア海軍特殊部隊（スペツナズ）第101分遣隊のマクシム・バザロフ伍長は、敵の陣地で拝借した三本目のエナジーバーを齧（かじ）りながら、クソッ！　クソッ！　と怒鳴りつつ、いつもの三倍の速度で歩いていた。

普段なら、こんな無茶な移動はしない。敵に発見されるだけだ。だが今は何も気にならなかった。

「レナート、なんであんな馬鹿なことをした！　あれは何だったんだ？　腹が減って、低血糖に陥っていたせいか？　それで判断力が鈍ったのか？　だが、いつもそうだっただろう？　ウクライナでだって、俺たちはいつも腹を空かせていた。だがネズミだけは食わなかったぞ？　おい、レナート？　何とか言ったらどうだ？……」

すると、頭の中で声がした。レナート・カフガノフ軍曹の声がはっきりと聞こえた。

「マクシム……。俺たちはさ、あそこで死んだんだよ。ウクライナの戦場で、とっくに死んでたんだよ？　ここにいるのは、お前も俺も、ただの幽霊だぜ？　いつもの腹を空かせた哀れな狙撃兵二人が、戦場を求めてこんな最果てまで飛んできたのさ……」

ああ美味いな……。ふいに、思考が途切れて、このエナジーバーは美味いな、と思った。何の味だろう……。バナナだろうか。さっき食べたのは、確かピーナッツ味だった。柔らかくて、俺みたいな歯がボロボロの貧乏人でも、たいして噛まずに食べられる。

それに、このエナジーゼリーって奴だ。栄養と水分を同時に取れるなんて、最初にこんなのを考え出した奴は天才だぞ、と思った。栄養と水分を同時に取れるなんて、まるでウォッカみたいじゃないか？ あれだってアルコールだから、カロリーは高い。そうだウォッカは栄養と水分を同時に摂取してるってことだろう？

軍はウォッカをこそ装備させるべきだな！ なあ、レナート。そう思わないか？ どうせ俺たちは、一緒に死ぬことになる。どっちか一人が生き残るなんてことはまずないだろう。お前はいつもそう言っていたよな。俺はもう寒さも疲労も感じない。てことはやっぱり、実は俺も死んでいるのか？

俺が今、抱えて走っている、このチェイタックM300は、本当は抱いていないんだな？ 幻だ……。

あいつら、クソッ！ 景気良く撃ちまくりやがって、絶対許さねぇぞ……。

霧が晴れたことでヘリは飛べるようになったが、対空ミサイルに備えて戦場には近寄らなかった。

ハマーヘッド・ピークの整備エリアにも。燃料を節約するために、ナイト・ストーカーズのヘリは飛行場から五マイル北東の昔の飛行場跡まで下がった。昔、飛行艇用の滑走路が整備されたエリアだ。ほぼフラットな地形なので、接近する敵を全周にわたって見通すことが出来た。

着陸する寸前に、ハマーヘッド湾に、負傷者を収容する日本のオスプレイが着陸するのが見えた。

オスプレイは、ロシア兵、海軍兵、自衛隊、そして負傷した民間人も乗せて離陸したが、結局一回では乗せきれないことがわかり、トリアージした重傷患者から優先して運び出すことになった。

霧が晴れると、戦場の景色が見えてきた。スキャン・イーグルで死体の山を数えた。

シアトルから待田がそれを報告した。センサーが検知した死体の数を三八人と報告した。全員ロシア兵だ。

司馬も原田も、意外に少ないと思った。その倍は倒したと思っていた。

「これ、デルタが倒した敵の数も入っているのよね？」

「そうですね。あのエリアだけで、一〇名は死んでいます。これも多いとは言えないです」

「理由は何？」

「防弾プレートとヘルメットでしょう。それ以外に考えられません」

と原田が言った。

「ロシアですら、そういう部分は改善されてきたということですね。それが証拠に、戦場の後方で、あちこちに固まったまま動かない集団があります。百人近くもがそうしている。負傷兵だと考えて良い。命だけは助かったが、手足や顔面を負傷した兵士らだと思います」

「どの道、部隊行動として、攻勢を掛けられるだけの数は残っていないわよね？」

「われわれはそう判断するしかないですけどね」

ベイカー中佐は、ウォーキートーキーで部隊の安全を確認しながら、「今こそ誘導爆弾だ！」と訴えた。

「シェミアに降りた戦闘機を発進させ、奴らの頭上に爆弾を落として下さい！　それでこの飛行場も使えるようになる」

「ペトロパブロフスクから、戦闘機部隊が発進したという情報があって航空自衛隊が対処中です。その目的がわかるまで離陸はできないそうです。それに、負傷兵の頭上に爆弾は落とせない」

と原田が説明した。

「あれが負傷兵だとなぜわかる？　ドローンで血は見えないだろう。そもそも、その負傷兵が戦闘意欲を失ったかどうかもわからない。ロシア兵だぞ？　死ぬまで戦うことを義務付けられている。昔の日本兵みたいに」

「昔の日本兵なら、集団で自決します」

〝玉砕〟という言葉を表現する英語はいくらかあったが、どれも適切とは思えなかったので、原田はその英単語は使わなかった。

「敵の次の行動を待ちましょう。戦争にもルールはあります」

「奴らはそんなもの気に掛けないぞ」

そうだろうな、と原田は思った。少なくとも兵士の命が大事なら、停戦交渉を申し出て、負傷兵をこちらに引き渡していることだろう。そうすることで、こちらに諸々の負担も強いることが出来る。だがそれをやらないということは、やはりロシアにとって、兵士の命などどうでも良いのだと思うしかなかった。

第七章　五里霧中

ウイスキーベイ運河沿いのキャンプサイトには霧が出始めていた。橋の上に薄っすらと見えていたさそり座の一等星、アンタレスが時々霞むようになった。

西山は、腰の後ろにすりこぎを突っ込み、右手に、小隊の誰かが護身用具として車に積んでいたらしい七番アイアンを持っていた。

「大丈夫なの?」

とソユンが聞いた。

「これが竹刀の長さに一番近く、ドライバーほどヘッドが重たくもない。どっちかというと、すりこぎの方が使い易いが。脇差しでも戦えるさ」

「鉄砲を持っている人間の前に出ないでよ? 本当に貴方が行く必要があるの? これはアメリカ人のもめ事なのに」

「この隊列には、ドイツ人夫婦もいれば、キューバからの亡命者だっているんだろう? 日本人だけがこそこそ隠れて過ごすわけにはいかないだろう。引き籠もり集団のすっかり落ちぶれた国とは言え、祖国の名誉が懸かっている!」

キャンプサイトの入り口近くで、警戒用の松明が燃えている。今はそういう松明が何カ所かで燃やされていて、その火の管理と薪集めに全員大忙しだった。皆、寝る暇も無く、危険だから入るなと警告された森の中にもマグライトを手に入るしかなかった。

湿地帯の鬱蒼とした森は植生豊かなジャングルだが、ワニもいれば、毒蛇や毒を持つ危険な昆虫も蠢く。昼間ですら入りたくない場所だった。

西山は、車を出ると、マグライトで足下を照らしながら歩いた。ウイスキーベイ運河沿いの路上に、そのボートが置いてあった。

今夜、自分たちのキャンプを襲撃してきた敵が乗っていたボートらしいが、西山はそれを見て少し驚いた。自分がイメージしていたのは、特殊部隊が使っていそうな、もっと頑丈な作りのボートだったからだ。

まるで、プールで子供たちに水浴びさせるためのような、小さなボートだ。大人が四人も乗れば沈むのではないかと思えるほどだった。

西山は思わず「まじか（ノー・キディング）……」と漏らした。

指揮を執ることになった〝グリーン24〟のサージャントことドミニク・ジョーダン元海兵隊軍曹が、「済まない！　サムライ」と詫びた。

「ネイビー・シールズとかのちゃんとしたインフレータブル・ボートなら良かったのだが。でも一応、気室構造になっているので、四人でも乗れる。アリゲーターにがぶっと噛まれても、そのまま沈没することはない」

西山は、「ああ……」と生返事した。

ボートを漕ぐ残り二人と握手を交わした。西山を除く全員が、アサルト・ライフルやショットガンを持っている。もちろん腰にはピストルもあった。

「サムライは銃は無くても大丈夫？」

「これで十分――」

と西山はケツの後ろのすりこぎを見せた。

連れのメンバーが「ワオ！」と反応した。

「ここから二マイル近く遡ったフィッシュ・キャンプ場に、敵の阻止線が張ってある。そこにたぶん一〇名前後の襲撃者(レイダー)がいる。奴らを急襲して制圧するのが目的だ」

「二マイル？……」

三キロも、こんな小さなボートで、おもちゃみたいなプラスチック製のパドルを漕ぐのかよ……。絶対無理だと思った。一時間は掛かるだろうし、たぶんほんの一〇分で腕はへたるだろう。

「満潮で、ここしばらく雨も降ってないから、運河の流れは知れている。川幅は三〇〇ヤード。なるべく対岸側を漕ぐ。もしボートがひっくり返ったら、岸辺まで泳いで、夜明けを待つ。もちろん、アリゲーターにも気を付けてくれ。昨夜のようなことはないと思いたいが、そんなに数はいないはずだ。われわれが敵を制圧したら、隊列はただちに出発し、北へと脱出する」

「漕いで？　二マイルも？――」

と西山は、パドルを漕ぐ真似をした。

「君が言いたいことはわかっている！　サムライ」

とジョーダン軍曹は苦笑いした。

「たぶん、辿り着く前に、われわれはヘトヘトになるだろう。だが、やるしかない。幸い、霧も出て来て、運河の西側を漕げば、敵にも気付かれないだろう。しばらくドローンで偵察したが、それほど活発な動きは見えないし、われわれが仕掛けるタイミングで、ここから牽制する部隊も出る」

「軍曹を信頼している。行こう！」

西山は、自宅の瓦礫を撤去する時に使った軍手を持っていた。割と分厚い。滑り止めのポッチも付いている。

他の三人は、タオルを濡らしてパドルに巻き付けるしかなかった。体重が軽い西山とジョーダン軍曹が前で、大柄な白人二人が後ろに乗って漕ぎだした。

確かに、流れは穏やかだが、全く無いというわけではない。投じたエネルギーの半分近くが、その流れのせいで押し戻される感じだった。

五分も漕ぐとへとへとになった。それでも意地でこぎ続けたが、一〇分ほど漕いだ所で小休止を入れることになり、対岸を目指した。だが、対岸に接岸しようとした瞬間、近くから話し声が聞こえてきた。

「みんな姿勢を低くしろ！」

霧と暗闇でボートは見えないが、パドルを漕ぐ音で二艇いるらしいことがわかった。ほんの一〇〇メートルも離れていない所を下っているようだ。向こうは下りで楽そうだなと西山は思った。

話し声が遠ざかって静かになると、ジョーダン軍曹は、ウォーキートーキーでキャンプに警告を送った。

「大丈夫だ。昨夜の襲撃以来、上流からの襲撃に備えて、それなりのことはした。陸上側から仕掛けて沈没させるだろう」

それにしても騒々しかった。ジャングルは夜も騒々しい。何かが小枝を揺らす音、虫やカエルの大合唱に、野鳥に、ひょっとしたらサルも吠えている。

それから五分もしないうちに、突然背後から銃撃音が聞こえてきた。だが、それは一瞬で終わった。一〇秒と続かなかった。相手側が撃ち返している雰囲気は無かった。

しばらくしてウォーキートーキーで呼びかけてきた。別に早口でのやりとりでは無かったが、その軍隊風の無線を西山は全く聴き取れなかった。

「ぎりぎりまで接近して発砲し、二隻とも集中砲火を浴びせて撃沈させたそうだ。生存者はいたかも知れないが、川下へと流れて行った。しばらくは仕掛けてこないだろう。だけど、敵は夜明けまで待つつもりは無かったらしい。でも大丈夫だ。それなりの備えはした」

「夜明けとともに、本隊が攻めてくるぞ……」

と後ろから言ってきた。

「同感だ。だから、その前に脱出するしかない。われわれはやり遂げるしかないぞ」

運河の上流は、緩やかにカーブしていた。フィッシュ・キャンプは、弓なりに曲がったその外側、左岸にあった。

最初は、そのキャンプ地の上流に上陸する予定だったが、四人ともそんな体力はもう残っていなかった。この後、銃を構えて引き金を引けるか怪しいほどに消耗しきっている。

頭上は少し明るさを取り戻してきている。だが霧が濃いせいで、上陸すべき対岸は見えなかった。視程は、一〇〇メートルないかもしれないと西山は思った。霧の中に水平線が消えていた。

「よし！　この霧を利用して、直接キャンプに乗り着けよう。岸辺に沿って木立があるから、暗視ゴーグルでも持って岸辺で見張っていないと気付かれない。ドローンで見る限り、その気配は無かった。上陸前に見つかって撃ってきたら、空のペットボトルを抱いて飛び込んでくれ。流れに身を任せれば、キャンプ地に辿り着く頃には、さらに明るくなっている。あと一歩だ。音を立てずにパドルを漕いでくれ！」

幸い、岸辺に見張りはいなかった。万一に備えてボートをゆっくりと藪に引き上げた。霧の中に、何軒かロッジ風の住宅が見える。

西山は、どうしてここまで避難しなかったのだろうと思った。ここまでくれば、屋根付きの家が何軒も建っていてゆっくり休めたのに。

だが、そもそもこんな所に長居する予定ではなかったのだ。前方を塞がれたことに気づいていったん橋を降りただけで、そこで一晩過ごす予定ではなかった。その後は包囲されて、身動きが取れなくなった。

「ドローンの情報では、敵は管理棟にしかいない。そこで寝泊りしているようだ。残りが、ここから南へ下った路上で、ドラム缶に火を入れてバリケードを作って警戒している」

管理棟の窓から、少し明かりが漏れているのがわかった。

「まず管理棟の敵を掃討する。銃撃戦になって、バリケードの敵が引き返してきたら、それも迎え撃つ。敵はこちらの倍以上だが、奇襲攻撃でふいを突く。サプライズ・アタック、パールハーバーね？ サムライ」

管理棟の側面から回り込むと、ドアが開くのがわかった。誰かが三段ほどの階段をきしませながら降りてくる。たぶん小便か何かだろう。

西山は、「俺に任せろ！」という顔でジョーダンに合図すると、ゴルフのアイアンを地面に置き、背後から素早く忍び寄り、肩をポンポンと叩いた。そうしたのは、相手を振り向かせるためではなく、立ち止まらせるためだった。

距離が離れる敵にひとたち浴びせるのは難しい。実質、後ろに下がる敵に対して飛び込むようなものだ。相手が立ち止まって振り向いた瞬間に面を二連発叩き込んだ。気絶して倒れようとするのを後ろから支えて静かに地面に寝かせる。

腰のベルトに差した銃を奪って戻る頃には、三人はその階段に取りついていた。

「グッジョブ！ サムライ」

男が三人、そこに雑魚寝していた。銃を奪ってから起こし、その三人を商品棚にあったテグスでぐるぐる巻きにした。二メートル級のアリゲーターガーを釣るための、太くて強靭なテグスだった。

「ま、時間を掛ければ、いつかほどけるだろうが」

庭に転がる男一人も、その場で後ろ手に縛った。彼らの銃は奪わず、弾だけを拝借した。弾はこの後も、いくらあっても足りないだろう。ここはゾンビが支配するディストピア世界と同じなのだ。

「よし。バリケードの敵にはまだ気づかれていない！　味方を南側から呼んで、敵の注意を引いてもらい、われわれが後ろから仕掛ける」

管理棟の外に出る頃には、外は一層明るくなっていた。

「サムライ！　あんたはここに残ってくれ。ここからは間違いなく銃撃戦になる。ここの四人を見張っていてくれ。もし逃げだそうとしたら、躊躇いなく撃つんだぞ。銃は撃てるよな？」

とジョーダン氏は、賊がもっていたごついリボルバーを手渡した。

「コルト・パイソン。撃ったことはある」

44マグナム弾が登場するまでは、法執行機関が持つ最も強力なリボルバーだった。

「じゃあ問題無い」

「仲間を連れて戻ってくる」

三人が、霧の中へと消えていく。西山は、建物の中には入らずに、階段に腰掛けて、ここで見張っている印にキシキシと音を立てるだけに留めた。話しかけられるのが鬱陶しかった。だが、自分は彼らの命を救ったのだと思った。

自分がいなければ、銃撃戦になって、双方死人が出ていた。たぶん、みんな死んでいたことだろう。

日本は、三〇年不況に沈み、ジジババが現役世代から収奪を繰り返したせいで、経済は一向に好転せず、若者は結婚も出来ずに民族として滅びの道をまっしぐらだ。

アメリカは、ぶつぶつ言われながらも移民を入れ続け、どうにか国力を保ってきた。

だが、どんなに不況になろうが、日本は国民同士で殺し合うようなことにはならない。衰退を受け入れて静かに滅びるか、活気を求めて衝突を繰り返すか？　果たしてどちらがましなのだろうと思った。

五分も経たずに銃撃戦が始まった。ショットガンがバカスカ撃たれ、たぶんそれが決め手になったのだろう。銃撃戦は三〇秒と経ずに終わり、ジョーダン氏が戻ってきた。

「成功だぞ！　サムライ」

「皆殺し？」

「そうだ。残念だが。背中から撃って、それで三人が倒れた。残る三人と撃ち合いになったが、敵は隠れる暇も無かった。この霧に紛れて、仲間の隊列が出発してこちらへ向かってくるだろう。北に走る190号線に出るまで十五マイルはあるが、すぐだ。残念だが、その分、燃料は余計に使うことになる。奴らが乗っていた車から燃料を回収したいが、暇が無い。まずは脱出が優先だ」

ソユンも、ソナタを運転して現れた。

「あんた、誰も殺してないでしょうね？　道端に死体が転がっていたけれど」

「いや、俺は殺してない。一人殴って気絶させただけだし、俺の活躍で、殺されていただろう敵も縛り上げるだけで済んだ」

運転を代わった。

「あっちを見張っていた敵は気付いたかな？」

「霧のせいで、橋からも見えてはいないと思うけど、でもエンジン音は聞こえたでしょうね。百台はいるんですから。見張りには気付かれたと思うわ。飛ばさないと追い付かれる」

敵を足止めするために、全車両が通過した後、敵が張っていたバリケードも利用し、賊が乗っていた車を並べて火を放った。タイヤさえ燃え落ちれば、押し出すにはそれなりにパワーのある車が必要になるし、そもそもが火勢が収まるまで接近はできない。一時間近くは足止めできるだろう。

〝グリーン24〟小隊は、その作業を見守り、最後に出発した。

だが、ハーフマイルも走らないうちに、渋滞にはまった。渋滞していると思った途端、銃撃音が響いてきた。

ジョーダン氏が車を降り、ウォーキートーキーでやりとりした後、一台一台回って車をUターンさせ始めた。

「奥さん！　フィッシュ・キャンプ場に戻って建物の陰に車を止めなさい。北からレイダーが襲ってきた。それなりの数らしい」

「先回りされたの？」

「いや。それにしては早すぎる。たぶん、夜明けと同時に北から攻めてくるつもりだったんだろう。このキャンプ場はただ南北に走る道路に沿っているだけで、その出口さえ抑えれば、一定時間は立て籠もれる。それでしばらく凌ごう。われわれは、南から追いかけてくるだろう敵を警戒する」

「その後はどうなるの？」

「大丈夫だ奥さん！　なんとかなるよ――。いいかサムライ！　ここからはガンマンの世界だ。危険だから出てくるなよ。家族を守れ！」

だが、自信があるような口ぶりでは無かった。

西山は、すぐ車をUターンさせると、キャンプ場の奥へと入った。南側ではバリケードにした車が燃えている。

出入口を抑えると言っても、人間は、森の中に入って突破出来る。どのくらい時間稼ぎできるだろうかと思った。

「何なのよ！　これ。命の危険を冒して脱出路を作ったというのに……」

「俺なんて、一時間もボートを漕いで腕は棒だぞ。そうだ！　ボートが陸に揚げてある。いざとなったら、あれで脱出しよう。霧に紛れて、あとは流れに任せれば、メキシコ湾に出る」

「そこ、何十キロも人は住んでないでしょう？　私たちを出迎えてくれるのは神父様じゃないわよ。たぶん、チョコレート一枚のためにだって撃ち合いをする連中よ」

　こいつはしかし、最悪の展開だった。一晩耐えたあのキャンプ地だって、守り易い場所では無かったが、ここに立て籠もったからと言って、道が拓けるわけじゃない。敵も犠牲を払うだろうが、こちらも犠牲を出し、なお、肝心要の車を何台も穴だらけにする羽目になるだろう。

　白旗を掲げるという選択肢は無かったが、八方手詰まりな感じだった。西山は、ロッジ風の建物の庭にソナタを止めた。車に防弾効果は無い。車が防弾効果を発揮するのは、刑事ドラマの中だけだとアメリカへ来て教わった。

　銃撃戦がここまで到達する前に、建物の中に入るべきか決断する必要があるだろう。まずはドアの施錠を破壊する必要があった。

　西山は、家族を車に残すと、ゴルフのアイアンを振り下ろして錠前を破壊した。こんな所で役立つとは思ってもみなかった。

　ソユンと千代丸を中にいれ、とにかく、防弾効果がありそうな家具類を横倒しにした。

　他のメンバーの、主にご夫人やご老人たちが入ってくる。西山は「カモン！　カモン！」と中に入れ、自分は、コルト・パイソンを持って外に出た。

こんなもの、一〇メートルも離れればまず当たらない。ピストルはそういうものだとテキサス人は皆話している。だが、敵を一瞬、怯ませる程度のことは出来るだろう。その間に誰かが倒してくれるだろうことを祈るしか無かった。

ここの庭は結構広い。車を何十台も止められる。二、三台挟んで撃てば、ライフルの弾も防げそうな気がした。

太陽はまだ地平線上、ジャングルの向こうだが、周囲はすっかり明るくなっている。夜行性の昆虫が鳴き止み、鳥のさえずりが煩くなった。今日こそは、長い一日になりそうだった。

西山は、車のボンネットの上で両手で銃を構え、

全く！　これが五里霧中って奴だろうな……、

ククッと、苦笑いした。

と。

指揮通信車両〝ベス〟の中で、待田は、スキャン・イーグルが撮影したデータを過去に遡って再生し、エリア指定してＡＩに再評価させた。

略奪者を含めて、そのコストコの巨大店舗に二〇〇名前後の出入りがあり、そのほとんどは遅れてきた略奪者たちだったが、スキャン・イーグルが飛び始めてから、少なくとも四〇名が、まだ建物から出ていない、と評価され、しばらくしてから、その数に見合う武装兵が、その二〇〇名の中に含まれるとレポートして来た。

待田は、その一人一人の映像を確認した。肉眼では、いくらズーム、拡大しても、それが武器を持った兵士なのか否かは全く判然としないが、深層学習のＡＩに判断させると、その程度の解像度でも武装していることがわかるのだ。

間違い無く、コストコにはまだ一個小隊を超え

る敵が潜んでいた。だがそれが、バトラー部隊の中核部隊かどうかはわからなかった。恐らく、突ついて見なければわからないだろう。

　報告を聞いた土門は、娘に「ここはどういう店なんだ？」と聞いた。

「一度、入ったことがあるわよ。倉庫型の店舗で、とにかく巨大。それに確かスーパーもあれば、フードコートもあったはず」

　恵理子は〝ベス〟の指揮通信コンソールから答えた。

「建物は、南北の差し渡しだけで一六〇メートルはあると出ているぞ。ここは今後とも脅威になる。バトラーが潜んでいるとは思えないが、掃討する必要がある」

　土門は、コスポーザ少佐に意見を求めた。

「遅かれ早かれ、掃討は必要でしょうね。ヤードの掃討はすでに半分ほどの面積をクリーンにした。敵が何か仕掛けてくるとしたら、側面を衝こうとするでしょう。もし掃討が可能なら、やって下さい」

「了解した。後藤さん、榊小隊にコストコを掃討させたいが良いか？」

　と土門は水機団第3連隊連隊長に尋ねた。

「はい。閉所戦闘の訓練もそれなりにやりました。問題ないでしょう」

「援護する！　〝ナンバーワン〟、一個分隊をガンシップ・ワンに搭乗させ、コストコを北西角から攻略させろ。敵のミサイルに警戒しつつな。指揮はガルに任せろ」

「了解しました。ドローンの数が足りません。スキャン・イーグルがもう二機は欲しい所です」

　〝メグ〟から姜二佐が言ってきた。

「現状はこれで辛抱するしかないな。たぶんフォート・ルイスの倉庫には、米軍が使うスキャン・

イーグルが二〇機くらいはケースに入って眠っているると思うが……。暇があったら借りに行こう」

「榊小隊とともに、コストコの敵を掃討します――」

〝ベス〟の中で、榊一尉が銃を担いで出撃準備を始めた。

「ガル、チェスト分隊を預けます。ドローンでお店の中を覗けるかしら？」

と姜が待田に聞いてきた。

「入り口を探してみます」

ガルは、MANETのカバーエリアを確認した。コストコまでカバーするには、無線LAN中継器を最低二個は出す必要がある。それを搭載したオクトコプターを離陸させ、一個は、コストコの東隣の倉庫の屋上に、もう一個は北隣のスターバックスの屋根に落とした。その気になれば、回収もドローンで可能だった。

さらに、もう二機、クアッドドローンを発進させる。恵理子が最後尾の操縦席に移り、それを操縦した。

「これ、窓とかあったら、私の操縦で侵入して良いの？」

「構いません。この操縦系統には、冗長性があって、素人の操縦で極端な飛行が出来ないようプログラムされています。壁にぶつかっても問題ありませんが、ぶつかる前に、センサー制御で動きを止めます」

チェストこと福留弾一曹が率いる一個分隊は、〝ベス〟の横を抜けていったん後退し始めた。キャリバーCHに乗り込むためだった。

「待田一曹、〝ベス〟護衛のために、二名ここに残しますがいいですか？」

「有り難うございます。いざとなったらパラトクス捜査官と自分で応戦します。行って下さい」

榊一尉は、自らも、パラトク捜査官にここを守るよう要請した。

「任せて下さい！　本当は私が同行すべきだけど、たぶん皆さんのお荷物になるだけだから」

榊が〝ベス〟を降りていくと、恵理子が、「車両用の出入口を見付けたけれど……」と待田に、映像を確認するように求めた。待田が自分の席からモニターを切り替えて確認する。人間の形が白い太線で縁取られてクローズアップされていた。

「ここからなら入れますね。ただ、建物の中の影に、兵士が立って警戒している。今、入るのは拙いでしょう。ドンパチが始まってからその騒音に紛れて突っ込ませましょう。いったん向かいの屋根に向かわせてホバリング・モードにします」

「お願いするわ。うちの部隊、システム担当屋さんをもう少し増やすべきかも知れないわね……」

「そうですね。でもうちみたいに、隊員が居着いてくれるようなら、個人個人に習熟させた方が早かったりしますから」

「戦闘スキルだけじゃなく、語学もマスターしなきゃならないのよ。大変だわ」

「ええ。でも、最近の特殊部隊は、どこの国でもそれだけ養成費用に金が掛かっています。米軍なんてそれで金欠に陥って、特殊部隊をもっと整理しろと言われているくらいですから」

パラトク捜査官が、スキャンイーグルのモニター映像に「ほら？」と注意を促した。

ヤードの中央付近で、赤い点滅が二箇所発生していた。発砲があった合図だった。だが味方の発砲はまだ無かった。群衆の中から発砲してくる。線路上はもちろん貨車で埋め尽くされている。だが、その貨車を屋根代わりにして枕木の上で寝ている者たちもいる。貨車と貨車との間は、避難民たちが色とりどりのテントを張っていた。貨車と貨車が接近している所では、ブルーシートをタープ代わりに張って屋根を作っている所もある。そういう所は、目隠しされて上空からでは様子は窺えなかった。

「こんな所で銃撃戦なんて、どうするのかしら……」

こちらが撃ってこないと見ると、男二人がテント目掛けて乱射を始めた。血がテントに飛び、そこだけ温度が上がるのがわかった。テントの中で、誰かが負傷しているのがリアルタイムで見て取れた。

暗視ゴーグルを装備してコンテナ車の屋根に登っている兵士たちが反応した。屋根伝いに前方へと走っていく。

付随被害を防ぐために、兵士らは、その屋根の高い位置から敵を撃ち下ろして倒した。うち一人は、ブルーシート越しにマズル・フラッシュを頼りに撃って倒した。状況はほとんど一瞬で決着したが、避難民の犠牲者は多そうだった。たぶん、一人の発砲者につき二〇人近くが負傷したはずだ。

「固まるな！　オールハンド、カナダ軍を固まらせるな。それが敵の狙いだ。負傷者はカナダ軍のメディックに任せよ。時間が掛かっても構わない。陸橋の上から、担架を降ろさせる」

姜二佐が命じる。担架を担いだ水機団隊員が陸橋に走り、下へと担架を降ろした。水機団のメディックもロープで降りる。

これが昼間ならパニックで群衆雪崩れが起こっていることだろう。だが今は夜だ。この暗闇では、テントを出た所で、どこへ逃げれば良いかもわからない。

ＡＩは、その倒された犯人が映り込んでいる場面を過去に遡って検証し、仲間と思しき危険人物をさらに十数名ピックアップして警告してきた。

すでに、カナダ国防軍と地元部隊が掃討を終えたエリアもある。恐らくは背後から仕掛けるつもりだろう。

後ろからくる殿(しんがり)部隊に対処が命じられた。敵が発砲する前に警告し、地面に腹ばいにさせ、またテントの中に隠れている者は、バヨネットでテントを引き裂いて引っ張り出して制圧した。そうやって、前線の背後から仕掛けようとしていた敵六名が制圧された。

「このシステム、イスラエルとかが欲しがるでしょうね。ガザの制圧に威力を発揮するわ……」

とパラトク捜査官が呟いた。

「自分は、このソフトウエアがどこで開発されたのか知りませんが、ディープな所の話では、イスラエル製だろうという噂です」

待田が答えた。

「なるほど。道理でこれだけの性能を持っているわけね。でもイスラエルは、これを敵が使ったらどうするつもりなのかしら？　ＡＩの深層学習なら、敵だっていずれは同じことが出来るわよね？」

「彼らのことだから、当然、対抗手段も並行開発しているはずです。イスラエル兵は、ミツネフェットというキノコみたいなデザインの帽子を被ることで知られていますが、あれはドローン対策でもあります。頭の形状を隠して狙撃兵を幻惑し、ドローン対策にもなる。システムは、あの手の形状カムフラージュに弱い。人間はどんな姿格好をしているか、また兵士はどんな姿格好をしているかを学び、さらには、特殊部隊兵士の装備も深層学習してどんな兵士が展開しているかまで選別できる。カナダ国防軍兵士と、うちの水機団隊員は、ＦＡＳＴヘルメットのあるなしと、銃のデザインである程度識別されています」

待田は、一瞬そのモードを切り替えて見せた。カナダ国防軍兵士、自衛隊、その他の兵士が青色の微妙なグラデーションで識別された。

「普段は、画面がごちゃごちゃするので、友軍のカテゴリーで単一表示です」

「うちの部隊と水機団隊員の区別は出来るのかしら？」

と恵理子が聞いた。

「それはまだ無理です。それを判別するには、FASTヘルメットに装着された暗視ゴーグルのデザインで見分けるのが一番早いが、そこまでの解像度は得られない。昼間なら、迷彩服や小さな装備で、どうにか見分けが付きますが」

福留分隊を乗せたキャリバーCHが離陸し、いったん洋上へと抜けた。榊小隊が、陸橋の下を走ってコストコへと向かっていた。線路を一〇本前後横断する必要があったが、貨車がぎっしりと詰まっているせいで、目隠ししてくれる。

だが最後は、フェンスを人力で破る必要があった。

先頭の隊員がコストコの駐車場とヤードを隔てるフェンスに取り付き、巨大なボルト・クリッパーでフェンスの切断に掛かった。そのすぐ外側には、オスプレイが銃撃を浴びせて穴だらけにしたガソリンスタンドがあった。今もまだ死体が転がったままだ。

土門が後藤隊長に向けて、地面に転がっている敵の装備を一通り確認するよう求めた。

榊小隊のナンバー2、工藤真造曹長がガソリンスタンドの建て屋を盾にして前に出る。まず死体を確認させるが、ひっくり返すな、足下にも気を付けろと命じた。ブービー・トラップが仕込まれている可能性もある。

榊一尉も追いかけてくる。一人二人確認し、ドグタグも覗いた。

「曹長、この連中さぁ……」

「ええ。そうですね。たぶん間違い無く、現役のアメリカ陸軍軍人です。装備はほぼ全て現役兵の装備だ。カナダ国防軍で、一部にそういう噂があったそうです。自分たちが戦っている相手は、現役のアメリカ軍兵士ではないかと」

「とんでもないぞ。これは部隊ごと出て来たのかな。それとも個人レベルでの脱走かな」

「さすがに部隊ごとの反乱は無理でしょう。移動手段もそれなりのものを用意する必要がある。個人単位での脱走と参戦だと思います。米軍が営門待機を徹底させるわけです。軍内部でこういうことがあっては、とても治安維持任務での出動なんて出来ない」

隊員が前に出て、片膝を着いたニーリング姿勢で警戒していた。いつ敵が撃ってきても不思議はない状況だった。だが、それにしてもこの駐車場も恐ろしく広い。

「敵です！――」

コストコの倉庫からわらわらと人間が飛び出て来て、放置車両や植木の影に隠れた。

そして撃ってくる。きっちりと曳光弾交じりの弾で撃ってきた。

ニーリング姿勢の隊員がその場に伏せた。銃弾がコンクリの地面に命中して跳弾となって夜空へ跳ねる。

「エヴォリスを前に！」

ＦＮ‐ＥＶＯＬＹＳ軽機関銃が、死体の前に据え付けられて斉射が始まった。

「一箱くらい撃ち尽くせ！――」

と榊は命じた。

軽機関銃が火を噴いている隙に小隊が散開する。二〇〇発のボックス型マガジンを撃ち尽くす間に、部隊は左右に散開した。

　二〇〇発撃ち尽くして「リロード！」と叫び声が上がると、味方の一斉射撃が始まる。

　エヴォリスは直ちにマガジンを交換して斉射を再開する。

「曹長、あの倉庫から出張った建物は何だ？　ガレージっぽいが……」

「タイヤ売り場の交換作業用のガレージですね！　そこにタイヤを積み上げて撃ってきている」

「きりが無いな、ハチヨン前へ！　前方のガレージを吹き飛ばせ」

　カールグスタフＭ４無反動砲を担いだ射手が、オスプレイが破壊した瓦礫の山を盾に匍匐前進して狙いを定める間、さらにエヴォリスは二〇〇発を撃ち尽くした。

　エヴォリスの銃撃が終わる寸前、対人榴弾が発射された。ガレージの中に吸い込まれて爆発する。建物自体は無事だが、中で発生した爆風で、タイヤが何個が飛び出して来て転がった。

「よし！　警戒しつつ前進前進！」

　バディ同士が交互に援護しつつ、駐車場を渡って二〇〇メートルを前進する。今の所、抵抗は止んだ。外に出ての抵抗は不利だと悟ったのだろう。恐らく、建物の中では、それなりのバリケードを築いて抵抗するだろう。

「曹長、ここまでは？」

「散開がちょっと不足ですね。上から味方のドローンが見ていてくれる。もっと両翼を広げないと」

「そうだね。同感だ――」

　彼らが戦っている隙に、待田はクアッド型ドローンをその巨大倉庫の中に入れた。そして、すぐ近くの聳えるような高さのラックの上に着陸させ、いったんモーターを切った。屋内では、ドローンといえどもローター音は響く。できれば、敵に悟られずに警戒したかった。

榊は、一気に走ってガレージの手前まで来た。タイヤの焼ける異臭が充満していた。誰かがそこで怪我した跡があった。店の奥へと引きずられて行った血糊があった。

「南西角のエントランスから入るぞ！　グレネード用意！」

南西角に、間口の広いエントランスがあった。そこに手榴弾を投げ込んで敵を威圧してから飛び込んだ。

遠くから、ＣＨのローター音も聞こえてくる。店内には何カ所か灯りがあった。ＬＥＤランタンが、ラックのあちこちに据え付けられていた。光量は知れているが、暗視ゴーグル無しに移動出来る程度ではあるだろう。

だがそれにしても巨大な倉庫だ。ジェット旅客機が何機も入りそうな感じだった。部隊をまず壁沿いに前進させる。

ラックが並ぶレーンを一列ずつ掃討する必要がある。国内でもスーパーを模した訓練はしたことがあったが、こんな巨大なショッピング・モールでの経験は無かった。この巨大さだと、下からは見えないラックの上に陣取った兵士もいそうだった。

敵は、ブービー・トラップを仕掛ける暇があっただろうかと思った。

アラン・ソンダイク少佐は、手榴弾が爆発した瞬間、〝剣闘士(グラディエーター)〟トムことトーマス・マッケンジー大佐の身体に覆い被さって守った。

幸い、爆風はここまでは届かなかった。それでも、略奪行為で金目の商品は持ち去られたが、それでも、まだ大量の商品が山積みされている。略奪されたのは、後日ネットで売れそうな高額商品がメインだった。

店内で奪い合いにでも発展したのか、ずっと前に撃ち合いで死んだらしい民間人の死体も放置され、土気色の死体からは、そろそろ腐臭が漂い始めてもいる。

「どう思う？」

と少佐は、レニー・ギルバート曹長に尋ねた。

「小隊規模の敵ですね。戦い慣れしている。カナダ軍じゃない。それより、CHのローター音の方が気になる。あれは武装タイプのヘリだ。この他に、これも武装タイプのオスプレイもいる。ここは旗色が悪いですね」

「驚異的だぞ。ヤードの中に配置した部隊は、ことごとく居場所が露呈して襲撃を受けている。いったい何が起こっているんだ？」

「われわれですら、味方がどこに潜んだかは知らない。そこまでディテールを押さえた作戦ではなかった。情報漏洩じゃない。ドローンで丸半日上空から見張って撮影した映像データを精査したとしか思えない」

「そんなことをしたら、半日はかかるぞ……」

「人間ならね。AIなら、たぶん十数秒でやってのけるでしょう。だから、ここの出入りもわかった。そういうことだと思います」

「隣のスタバまで下がるか？」

「上から丸見えです。立て籠もった所で包囲されるだけです」

「カナダ軍には、暗視ゴーグルも入ったらしいし、敵は少なく見積もっても大隊規模だ。いくらなんでも、それだけの数の正規軍部隊を相手には勝ち目はない。このヤードに張った阻止線は、戦意を喪失したカナダ軍を想定しての規模だからな」

「いったん、ダウンタウンまで下がりましょう。大佐を正気に戻すには、もう少し時間が掛かることだし」

「そうだな。では脱出しよう！　それなりに時間を稼いだ。少なくとも、ここで夜明けまで敵を足止めしたことは事実だ」

「そうです。もう少しカナダ軍を削ってから下がる予定でしたが、もともとここは時間稼ぎのために敷いた防衛ラインです。後退は予定通りとするしかない」

少佐は、部隊に撤退を命じた。応戦しつつの撤退だ。CHのローター音が聞こえてくる状況下では、それも急ぐ必要があったが。

倉庫に入れた大型バンに、大佐を乗せようと移動した。部下らが応戦すると、マズル・フラッシュが壁や天井に反射して瞬いた。

マッケンジー大佐が、口を大きく空けて過呼吸に陥りそうな顔をした。その瞬きに、何かのフラッシュバックでも起こったかのように、声にならない悲鳴を上げて震えだした。

「大丈夫です！　大佐。ここを脱出します」

大佐が、肘を摑む曹長の手を振りほどいて走り出した。曹長が「しまった！」と走って後を追い掛ける。マッケンジー大佐は、さっきまでの飲んだくれみたいな動作とはまるで違い、脱兎の如く巨大ラックの林を抜け、暗闇を探して走って行く。

大佐は、なぜか暗闇を探して走っていた。それを曹長が必死で追い掛ける。西側に、開け放たれたエントランスがあった。

そこから先の外に灯りはない。大佐は、そのエントランスを目指して走った。CHのローター音がますます近付いてくる。

外に飛び出た瞬間、CH‐46大型ヘリが眼の前に降りてくる。駐車場を挟んで、線路の上に降り

ようとしていた。だが、敷地を隔てるフェンスがあるので完全に着地はしない。地上から二メートルほどの高さでホバリングし、後部ランプから兵士らが次々と飛び降りてくる所だった。

曹長の部下が出て来て、その場所へ向けて発砲した。ヘリのキャビンから軽機関銃が撃ち下ろしてくる。曳光弾がエントランスの中に飛び込んでくると、大佐はくるりと向きを変え、今度は店内へと向けて走り出した。

「撤退だ！　撤退しろ。応戦の必要は無いぞ」

曹長は、今度こそ、大佐の腰をがしっと掴んでバンに押し込んだ。ローターが巻き起こす凄まじい風と、発砲音に驚いたのか、大佐は眼をぱちくりとさせていた。まるでボケ老人のようだと曹長は落胆した。この人を、現世に呼び戻せるのか……と。

待田は、巨大倉庫の中を飛ぶドローンの映像で、その様子を観察していた。意味がわからなかった。戦闘服姿だが、とても軍人には見えない一人の男を巡って不自然な動きがあり、彼らは大型バンに乗ってコストコを飛び出した。あれは避難民でもなければ、バトラー軍の兵士でもない。しかし何かVIP扱いされている人物のようにも見えた。

そこに福留分隊が襲い掛かり、隊列の最後尾にいたピックアップ・トラックと激しい撃ち合いになった。

だが幸い、敵がその荷台のフィフティ・キャリバーの引き金を引く前に、ニードルが狙撃して潰した。その後は十字砲火で、数名の兵士が脱出するのがわかったが、それでその場の戦闘は終わりだった。

待田は、スキャン・イーグルで、大型バンの車列をしばらく追い掛けたが、ここシアトルにも霧が出始めていた。霧に覆われた夜明けを迎えようとしていた。

だんだんと視界が得られなくなり、待田は途中でスキャン・イーグルを引き返させた。

コスポーザ少佐は、夜明けのターミナル外の景色を一瞥した後、「申し訳ありません」と土門に詫びた。

倒した敵兵士の一部に、正規軍部隊の脱走兵がいたらしいという情報は、カナダ国防軍指揮所にも衝撃をもたらした。

「自分も、噂程度に聞いていた話なので……。しかし、部隊ごと脱走したという事実はどこにもありません。さすがにそれは起こっていないと信じている」

「今後も起きないという保証は？」

「残念だが、それもない。それを防ぐために、武器庫の警備を三倍四倍にし、兵士を基地の中で見張らせている。全く情けないことですが……」

「こういうことは、後々響く。さすがに、正規軍兵士と撃ち合うとなると、治安維持目的で太平洋、大西洋を渡ってきた同盟軍各国にも動揺が広がるだろう。後藤隊長、ここまでの首尾はどう見るね？」

土門は、一戦終えてほっとしている後藤に質した。ほとんど毎夜の激しい戦闘に彼らは参加していた。

「そうですね。パニックを起こした避難民が群衆雪崩れを起こす所まで想定しましたが、それを阻止してこの巨大なヤードの掃討に成功しました。AI評価の賜物です。これからの戦場を変えるでしょう。われわれ軍人を役立たずにするシステムのようにも思えますが」

「全くだ。だが、ここは、空港解放に次ぐ第二関門に過ぎないぞ」

「はい。しかしこの後は、両翼一マイルに、各部隊で広がり、戦線をダウンタウンまで押し上げるだけです。さほどの複雑さはありません。何とか日中に片付けましょう」

「うん。せめてもう一個連隊投入できれば、ダウンタウンの北に楔を打ち込み、バトラー軍の退路を断って一網打尽にできるのだが」

「あの男、大言壮語するわりには、ただ逃げ足が速いだけですな」

「その台詞、テープに録ってラジオで流したいね。奴を挑発しておびき出せるかも知れない」

ここはべらぼうにハードルが高い阻止線だったが、AIのお陰でたいした犠牲もなく掃討できた。土門は、もしAIの助けが無ければ、犠牲はどのくらいになっただろうかと思った。水機団連隊、カナダ国防軍、それぞれ一個小隊前後の死傷者を出しての戦術目標達成になったのではないかと弾いた。

自分らの仕事を横取りされたような気もしていたが、AI様々だと思った。

AIを崇めよ！　だ……。

第八章　キンジャール

フィッシュ・キャンプ場は、あっという間に戦場になった。路上のバリケードで前進を阻まれた敵は、森の中に入って突破を試みてきた。ジャングル側は分厚い森で突破は無理だが、道路から運河側の森はジャングルというほど深くも無い。

彼らはいったん河岸まで出た後、運河沿いの林を伝って北上、または南下してきた。

南北から挟み撃ちに遭い、各小隊は徐々に追い詰められていった。

被弾して死者も出始めた。グリーン24小隊でも、一人が死亡。もう一人が撃たれたが、生き死にを確認する暇は無かった。とりあえず、倒れたまま血まみれで動かなくなったことだけは、西山にもわかった。

並べた車を盾にして撃っているが、すでに西山家のソナタにも孔が開いていた。

今は、西山もライフルを手に取って撃っていた。M‐4とかいう、米軍が今使っている正式ライフル銃だ。だが、民間販売向けに連射機能は殺してある。それで十分だった。素人が連射したところで、銃口が跳ねるだけだと、昔、知り合いに連れて行かれた射撃場で誰かが言っていた。

西山は、単発で、森の向こうを撃った。その森は、所々向こう側が透けて見えていた。森を挟んで向こう側にも何軒かロッジが建っている。こんなことならもっと南へ下がって避難すれば良かったと後悔した。それだけ逃げ場が増えたのに。

そこからなら、更にここまで後退する余裕がある。もうここからは下がりようが無かった。ここから北へ逃げても、北側を守るチームと背中合わせになるだけだ。すでに、北側からの流れ弾も飛んでくるようになった。

「サムライ！　あんたはそろそろ建物の中に入った方が良い」

と隣でアサルトを撃ちまくるジョーダン軍曹が言った。こちらはもちろん本物の軍用銃を連射している。そのせいで弾の消費速度が凄まじかった。タイヤの影には、弾を込めたマガジンが山積みにされていた。

ジョーダンが、マガジンを一本空にして「リロード！」と叫ぶたびに、周囲の仲間たちが銃を撃つ。西山もその中に加わって引き金を引いた。

「肩が痛い！　というか、もう感覚がない」と西山が告げた。

「ああ。私もだ。パドルの漕ぎすぎだな。こんなことになって済まない。何とかなると思ったんだが……」

「ハリウッド映画だと、ここで騎兵隊が来るだろう？　ホース・ソルジャー、ジョン・ウェイン！」

「誰だ？　ジョン・ウェインって……。騎兵隊はとっくに呼んだんだがな」

森の中に遂に人影が現れる。敵を一〇人二〇人倒した所で、たぶん向こうは一〇〇人単位でやってくることだろう。われわれの車は、まだまだお宝の山だ。犠牲を払う価値はある。さすがにここまでの殺し合いになったら、荷物だけいただいて人間は解放するというわけにもいかない。皆殺しだろう。

ここで白旗を掲げても、ソユンも千代丸も生き残れる道はなさそうだった。

「サムライ！　あんた肩は良さそうだ。だから、俺が撃たれたら、この銃を取って連射してくれ。それで時間は稼げる」

「了解した！　サージャント。残念だ。俺の店で、最高の寿司を食わせてやったのに」

「ああ、それは本当に、残念だな……」

「ところで、妻が気にしてた。キャンプ場の捕虜四人。彼らどうなった？」

「ああ、君が殴り倒したあれか……。実は、われわれが漕ぎ出す前に、リーダー同士でもう結論は出ていた。弾は勿体無いからと、全員木に吊して縛り首にしたはずだ。だから、われわれがここで白旗を掲げたからと、捕虜として正当な扱いを受けることはない」

そんな所だろうなと思った。ここでは、銃が正義、法律なのだ。刑罰は、無罪か死刑の二つしかない。

タイヤの影に置いたウォーキートーキーが鳴っていた。女性の声だった。西山は、「スカイ……」というワードだけ聴き取った。

ジョーダン氏が空を見上げた。霧はだいぶ晴れてきたが、その空に、四角い何かが浮かんでいた。西山は、五つ六つと数えた所で、それがパラシュートだとわかった。皆カラフルなパラシュートだった。

四角いパラシュートが何個も、ゆらゆらとスパイラル状に降りてくる。

「本当にこいつは、騎兵隊だぞ！　テキサス魂を舐めんなよ！　って所だ――」

パラシュートの兵士たちは、時々上空から発砲していた。手榴弾も投げ下ろしてくる。色とりどりのパラシュートが庭に降りてくると、男たちは、パラシュートを畳む間も惜しんで森の中へと発砲した。連射というより、ほぼフルオートで銃を撃っていた。

敵が一瞬で後退していく。まるで映画みたいな鮮やかな登場と、攻撃だった。

戻ってくる男が、ゴーグルをヘルメットに上げながら、「やあ！――」と声を掛けてくる。

州境で彼らを送り出してくれたテキサス・レンジャーのデビッド・シモンズ中尉だった。西山に気付いて駆け寄ってくる。

「おお！　ミスター・サムライ。活躍は聞いているぞ。瞬きする間に、棍棒で四人も倒したと」

「テキサス・レンジャーがなぜここに？」

後ろから、千代丸を抱いたソユンが尋ねた。もう、北側の銃声も収まっていた。

「最近のドローンは凄いね。無線の中継までやってくれる。ジョーダン軍曹とは、ウォーキートーキーでずっとやりとりしていた。で、実は昨夜からずっと、出動するタイミングを計っていた。さすがに夜間降下できるような場所ではなかったからね」

「でも、中尉さんはテキサス・レンジャーでしょう？　ここは、隣の州ですよね？」

「テキサス・レンジャーとしての出動では無い。君たちが罠にはまったアチャファラヤ盆地橋だけどね。この全米でも三番目に長い橋。実はもう一つ名前がある。ルイジアナ空挺記念橋だ。ちょっと離れた所に、アメリカ陸軍空挺部隊発祥の地があって、それが縁で、空挺記念橋の名前が付いた。たぶん君ら、夜走っただろうから、そのモニュメントとかに気付かなかっただろうが。それで、話す機会も無かったが、私はアメリカ陸軍US第82空挺師団にいたこともあってね、今もたまにジャンプしている、趣味で。で、テキサス州空挺兵O

B会の面子でもある。それで、数日前から噂は耳にしていたんだ。賊の集団が、この橋を避難民から略奪する罠に使っているらしいとね。君らにもっと強く警告すべきだったが、危険な情報があるのはここだけでは無かったのでね。OB会で、少し問題になっていた。われわれの名前が冠せられた橋で、そんな犯罪行為を見逃すのは問題だと。それで最初は、バトンルージュまで補給線が延びたら掃討する予定でいたのだが、その気配は無く、われわれが送り出した幌馬車隊が、こうして敵に包囲されて身動きとれなくなったので、出て来た。われわれはほんの一個小隊だが、ルイジアナ州政府をどやしつけて、テキサスからの援助が欲しければ、この橋の賊を一掃しろ！　と要請した。だから間もなく州兵も駆けつけるだろう。銃撃戦で一掃されるはずだ。ここはもう安全だ。何より君たちが無事でいてくれて嬉しいよ。何かあったら、パク夫人に合わせる顔もなかった」

「何からなにまで有り難うございます。パク夫人を紹介してもらったお陰で、スウィートウォーターには、LAから定期的に補給便が飛んでくるようになったそうです。今は、737型機がひっきりなしに着陸して、食料医薬品を降ろしていくとか」

「そりゃ良いね。遅くなって済まない、軍曹」

とシモンズ中尉がジョーダン軍曹と握手した。

「ちょっとハラハラさせられましたけどね。間に合うかどうか自信が無かったので、チームのみんなには話せなかった」

「勝ったな！――」

と西山は拳を突き出して軍曹と勝利を祝った。

「ああ！　みんなの勝利だ」

「でも、俺はちょっとでも寝たい……」

「そうだね、全く。昨夜は散々だった。せめて昼までは床がある所で寝たい。負傷者は、空挺OB

が、仲間の遺体はわれわれで片付ける。サムライは寝てくれ」

西山は、ソナタの周りを一周して弾の跡を確認した。タイヤは四つとも無事だったが、ドアに二カ所孔が開いている。それは反対側まで貫通していたので、合計四カ所の孔が開いていた。

「どうしようかこれ?」とソユンが眉をひそめた。

「こんなのたいしたことない。エンジンをぶち抜かれた連中に比べればな。アメちゃんが大好きなダクトテープで誤魔化せるだろう。後部座席に積んだ荷物すら掠ってないんだぞ? 俺たち、幸運中の幸運じゃないか」

ソユンは、抱き抱えていた千代丸を地面に降ろすと、思い切り旦那に抱きついた。

「あんたって人は! 本当にたいした男よ。日本人にしておくのは勿体無いわ!――」

周囲を警戒するドローンがまた上がり始めた。運河沿いの道の遥か南側で銃撃戦が始まっていた。州軍が到着したのだ。

ジョーダン軍曹は、起こったことを理解していた。自分たちが本当はどういう扱いを受けたかを。

自分らは生け贄の子羊として差し出されたのだ。ルイジアナ州軍を出動させて、この橋の安全を確保するための餌として、わざと突っ込まされた。シモンズ中尉のことは全く知らなかったが、この橋の上で略奪行為が行われているという重大な治安情報を失念するほど、惚けているとは思えなかった。

できる男には違いないが、テキサス・レンジャーは、付き合いに警戒が必要な相手でもあることをテキサス人のジョーダンは知っていた。

シモンズ中尉が、「さあ、みんな建物の北側に避難しろ! 流れ弾がここまで飛んでくるぞ」と命じた。

　ワシントン州ヤキマ国際空港のターミナル・ビルに設けられた統合幕僚監部・北米邦人救難指揮所の三村香苗一佐は、リンク16のデータを見ていた。

　それは、カムチャッカ半島を囲むように飛んでいる哨戒機、早期警戒機、戦闘機からアップロードされる情報を総合した早期警戒情報のモニター画面だった。

　ペトロパブロフスクを飛び立ったツポレフＴｕ-95ＲＴ、ＮＡＴＯコード、〝ベア〟Ｄ型哨戒機は、ほぼ真東へと飛んで、ベーリング海峡中央部に差し掛かっていた。アダック島からすでに三〇〇キロも北に上っている。

　警戒するために、海上自衛隊のＰ-１哨戒機がぴたりと張り付いている。いつもの組み合わせで、お互いの手の内は良くわかっている。もちろん哨戒機の背後には、つかず離れず飛ぶ味方のステルス戦闘機部隊もいる。ロシアのステルス戦闘機が近くまで来ている気配は無かった。

　たがいに脅し合い、牽制して駆け引きしていた。今回は何のための囮だろうと警戒していたが、エリゾヴォ基地から四機のミグ-31戦闘機が上がってくる。

　たちまち超音速に達し、カムチャッカ半島領空外に出た所で、まず二発の空対地ミサイルを発射した。

　もう二機は、更に飛び続け、また二発のミサイルを発射した。

「倉田さん、Ｐ-１の今の位置からだと、アグック島は見えているかしら？」

「あの高度だと見えています。ぎりぎりですが」

と海自Ｐ-１乗りの倉田良樹二佐が答えた。

「アダック島ではもう軍用GPSしか受信出来ないのよね。このロシアの〝ベア〟は、ロシアの〝グロナス〟や中国の〝北斗〟など測位衛星への電波妨害に備えて標的情報修正のために出て来たのかも知れない」

ミサイルがぐんぐんと高度を上げ始める。それに連れて速度も上がっていた。あっという間にマッハ五を超えた。

「キンジャールよね？」

「はい。Kn‐47M2〝キンジャール〟(短剣)空対地ミサイルです。たぶん二発がシェミア、もう二発がアダック島でしょう」

マッハ七に達する。

「シェミアから上がっているうちのF‐2戦闘機は、AAM‐4Bを積んでいるのよね？　あれ、墜とせるかしら？」

「さあ？　自分に聞かないで下さい。それは空自の領分です。ああでも、AAM‐4は、もともと巡航ミサイル迎撃用途でも開発されました。やってみる価値はあります。というか、やるしかないでしょう。シェミアには米軍のペトリも置いてありますが、ペトリで迎撃できるからと、自分らが迎撃を控えたら、後で米側からぶつぶつ言われますよ？」

「そうよねぇ……。わかったわ。シェミアを飛び立ったF‐2にキンジャールの撃墜を命令。もう二発は、アトカ島から上がったF‐35B部隊に任せましょう。AMRAAMって、あれを撃墜できるんでしたっけ？」

「米側は、D型なら何とかなると言ってますけどね。ペトリで墜とせるものは、AMRAAMでも墜とせるだろうと。ただ、ウクライナでの実績があるかどうかまでは……」

シェミア島上空を飛んでいた二機のF‐2戦闘

機がミサイルに向かって針路を変え、シェミアで地上待機していた後続の二機にも、出撃命令が下った。

シェミア島を目指していた二発のキンジャール・ミサイルは、あっという間に減速に入った。だが、それでもマッハ3を超えて飛んでいる。

「当たるかしらん……」

「海の感覚で言いますが、このサイズの大型ミサイル、当ててもらわなければ困ります！　もともとAAM-4は、マッハ3でイージス艦に突っ込んで来る超高速ミサイルも迎撃できる前提で開発されたのですから」

「そうよね……」

F-2戦闘機が、合計四発のAAM-4B空対空ミサイルを発射する。一発はロストしたが、もう一発は撃破した。

だが、ロストした一発が基地に突っ込もうとしていた。F-2部隊の離陸は間に合わず、結局、シェミアの基地防空隊のペトリオット・ミサイルが発射され、キンジャールを叩き墜した。

しかし終わりでは無い。アダック島を目指して飛ぶ二発は、マッハ八に増速して飛んでいた。四機のF-35B戦闘機が向かっていた。

第308飛行隊（F-35B戦闘機）飛行隊長の阿木辰雄二佐は、無線を開いて命令した。

「バットマンより各機、スーパークルーズで向かうぞ！　燃料は使い切って構わない。後ろから空中給油機が列をなして追い掛けてくれる。なんとしても叩き墜せ！　アダック島には今、味方の自衛隊部隊も展開していれば、大勢の民間人も暮らしている。一発でも命中したら、大きな犠牲が出るだろう。大丈夫だ。AAM-4Bで叩き墜せたなら、AMRAAMのD型でも墜とせる！」

宮瀬茜一尉は、前方に先行する二機編隊の赤く燃える排気口を見ていた。後ろから夜明けが迫っていることはわかったが、見上げる空はまだ暗い。

だが、その暗い中に、白い点が二つ現れた。裸眼でもそれが見える。

戦術モニターを見ると、マッハ九で向かってくる。凄まじい速度だ。まるで流れ星みたいに飛んでくる。

あれは、断熱圧縮による輝きだろうか？　それともありがちなイオン化現象だろうかと思った。

先行する二機がＡＩＭ－120Ｄ・ＡＭＲＡＡＭ空対空ミサイルを発射した。ミサイルが一直線に向かっていく。

宮瀬は、スーパークルーズに入ろうとしたが、スロットル・レバーを押し込むことを一瞬止めた。だが、高度は上げ続けた。発射する自機のミサイルに、位置エネルギーを与えるためだった。

それに気付いた編隊長が前方から呼びかけてきた。

「コブラ？　トラブルか？」

「いえ。少し考えがありまして……」

撃たれたミサイルがあっという間に交叉したが、四発とも外した。うち二発は近くで爆発したが、損傷を与えることは無かった。

高度を上げると、ぐんぐん空が明るくなっているのがわかる。夜明けはもうすぐそこまで来ている。

キンジャール・ミサイルは、すでに減速モードに入っていた。このミサイルの迎撃をペトリオットでできたとしたら、それはターゲット近くで十分に減速していたからに違いない。

この手の脅威は、より遠くで迎撃するのが大原則だが、このミサイルに関しては、減速した後に、ターゲット手前で叩き墜すしか無いと思った。

スーパークルーズで向かった隊長機が、装備した四発のＡＭＲＡＡＭを全弾発射する。だがここでもまだキンジャールは速度を持っていた。マッハ四・五で接触して、内二発のミサイルが爆発したが、キンジャールはその網の目をすり抜けて落ちてくる。

キンジャールの減速率が不明なので、戦術コンピュータが弾いた着弾時刻は全く当てにならなかった。今も着弾時刻が延びつつある。

だが、減速率を自分で計算している暇はない。機体をアダック島側に寄せている暇も無かった。

宮瀬は、二発×二発の時間差攻撃を考えたが、その余裕も無さそうだ。

自分の判断が少し遅れ気味らしいことにハッと気付いて、慌てて迎撃に入った。

キンジャールがマッハ三・八まで減速していた。やはりそうだ！　と思った。大気圏上層部を衛星並の極超音速で飛ぶミサイルは、だがそのままの速度では目標に向かえない。

高度が下がって分厚い大気層とぶつかると、それなりの断熱圧縮に見舞われる。動翼を使っての針路修正も出来なければ、飛翔体の周囲がイオン化し、弾道修正に必要なデータ受信もできなくなる。だから、速度は落とすしかないのだ。それは、目標に近ければ近いほど、速度を落とすことになる。

だが近すぎれば、今度は迎撃のチャンスが無くなる。

宮瀬は、二発のキンジャールに対して二発のＡＭＲＡＡＭを発射した。通常、上空へといったん上がる空対空ミサイルは、だがキンジャールに対しては、予想会敵地点へと向かってまっしぐらにアダック島への針路を取った。ほとんど、ＡＭＲＡＡＭが、アダック島を攻撃せんと突っ込んでいるように見えた。

　キンジャール・ミサイルの弾体はまだ赤々と燃えている。マッハ三・五。アダック島のモフェット山上空一五〇〇〇フィートの高度でようやく命中した。そして二発とも撃破した。アダック島飛行場まで、あとほんの七秒での撃墜だった。

　その破片はそのまま突進し、放物線を描いて、ロシア軍空挺部隊が展開する飛行場近くの裾野まで飛んで雨あられと落下した。

「コブラ、良くやった！　われわれはもうミサイルを撃ち尽くした。君の機体はまだ撃てるミサイルがある。どうする？」

「こちらコブラ、燃料不足ぎりぎりまで近くに留まります。給油機がいてくれればですが？」

「後続編隊が到着するには、まだしばらく時間が掛かるだろう。ここで、昇る朝陽でも眺めていろ。単機での作戦任務は望ましくないが、この状況だ。気を抜くなよ。バットマン、アウト――」

　宮瀬は、ふうー！　と息を吐き、燃料消費率最適高度へと降りながらアダック島の東側空域へと向かった。

　コクピットの風防ガラスの真正面に、朝陽が昇ろうとしていた。地球が、ほんの少しだけ丸く見える。その縁を黄金色のリングが染めていく。ゴールデン・リングだ……。この時間、この高度を飛んでいるパイロットだけが拝める特権だった。

　地上にその恩恵が降り注ぐには、まだ時間が掛かるだろう。しかもアダック島は、昨日から深い霧に覆われていた。

　アダック島の陸上自衛隊指揮所では、地上から撃墜の様子を拝むことは出来なかった。深い霧のせいで。島はまだ暗闇に包まれている。

　空襲警報のサイレンが鳴り響いたが、それも今は止んだ。だが上空を舞うスキャンイーグルは、モフェット山から降ってくるミサイルの破片を捉えていた。それは熱を帯びていたせいで、まるで火山が爆発した後、大小の噴石が降ってくるかのように、鮮やかに捉えられていた。

それが、不運なことに、ロシア軍の布陣エリアへと降り注いでいた。

アダック島派遣部隊司令官の司馬光一佐は、「寝かせてくれないのね……」と言いながら、モニターに現れたテキストを読んだ。

「これ、何なのガル？」と、モニターの向こうの待田に呼びかけた。

「はい。そちらのロシア軍部隊に、一応の降伏勧告をすべきだろうと隊長が仰るものですから、しかし自分も忙しくて、ちと、国内のネットと接続して、『戦争相手に降伏を求める時の、婉曲的な敬意あるテキストが欲しい』と生成AIに尋ねて返ってきた文章です」

「これ、露骨に『降伏』とか入れちゃダメでしょう。AIもまだまだね。ここはまあ、『停戦』くらいにしておかないと。までも、全体は悪く無いとは思うわよ。これブラッシュアップして、ボーンズに翻訳させたテキストを頂戴な。捕虜の負傷兵に持たせて帰しますから。そっちはどうなったの？」

「一応、序盤の山場はたいした犠牲もなくクリアできました。これもAIのお陰です。日中、さらに北上して、ダウンタウンの解放を急ぎます」

「そう。こっちはもう片付いたも同様だから、私はそろそろ帰り支度をさせてもらいます」

「了解です。ガル、アウト――」

モニターからしばらく音声が切れた。映像は繋がったままで、ずっと〝ベス〟の指揮通信コンソールをワイドで映していた。右側に待田、左側に、腕組みしてうとうとする恵理子が映っていた。

負傷者をオスプレイで送り出した原田三佐が戻って来ると、甘利一曹が立ち上がって敬礼した。

「ロシア軍に動き無し！　全て正常です」

「了解した。負傷者の手当はだいたい終わりました。トリアージして、オスプレイに積めなかった患者が出ましたが、オスプレイが戻ってくるまでは、恐らく問題無いと思います」

と原田が司馬に報告した。

「ご苦労様。甘利さん、他人行儀な態度はよしなさい、ここで」

と司馬は小言めいて言った。

「そうでありますか？　しかし、こんな奴でも上官は上官でありますから」

「これじゃまるで、私が赤の他人扱いされているみたいじゃない？」

「とは言え、司馬一佐の前で、砕けた態度は誰にも無理でしょう」

「誰か私に、熱いコーヒーを持ってくるか、それとも私に『もう寝て下さい』と言うかしてくれない？」

「そんなに熱くはありませんが、米軍が持ってきてくれた魔法瓶があります！」

とテーブルに付く花輪美麗三曹が言った。

「妥協するけど、寝ちゃダメなの？」

「一応、夜が明けるまでお待ちください。また仕掛けてくるかも知れませんから」

と原田が告げた。

「そんなことはないと思うわよ？　だいたい、あの連中、全然たいしたことないじゃん。滑走路西側では、たったの五人しかいないデルタに、一個中隊もが足止めを喰らって後退を余儀なくされたのよ？」

「それを仰るなら、たった五人で一個中隊もを足止めしてみせたデルタ隊員の技術をこそ讃えるべきです。うちも、ほんの一個分隊で、海岸線沿いの敵を撃退はしてみせましたが」

「というわけで、いずれにしても、戦力が半減したロシア軍に取れる戦術はない。仕掛ける度に死体の山を築くのよ。そんなことを命じ続けたら、われわれが相手をするまでもない。直に部下が背後から寝首を掻くでしょう。われわれが相手をするまでもない」


「でも司令官殿は仰いましたよね？　旅客機で応援を送り込めると」

「いいわね！　その司令官て響き……。そうは言ってもよ、技術的に出来る、ロシアは何をしでかすか読めない、という事実を並べても、いまさら負け戦のここにそんな無茶をしてくるかしら。私、彼らのあの一本道な戦い方を見てげんなりしたわよ。解放軍ならもっと戦術を練って仕掛けてくるだろうに」

「自分はそのご意見には賛成できません。仮に攻守を変えて考えてみても、彼らのやり方以外の戦術があったようには思えません。それに、ロシア兵の手当をしてわかりましたが、彼らの個人用防護服は格段に性能アップしています。陸自普通科より四半世紀は進んでいます。だから今回は、負傷者は多かったが、その場で戦死したロシア兵は限られる。確かに戦力としては半減したと思いますが、兵隊が半分に減ったわけではありません」

「そりゃそうよ。どこかの陸軍さんは、吊り下げ式の鉄帽に、サイドのプレートも入っていない防弾チョッキを今時着せるんですから」

「ロシア軍として、意外に兵士は死んでない、この作戦は続行する価値があると判断したら、また空対地ミサイルくらいは飛んでくるでしょう。どんな形になるのか、増援もあるかも知れない」

「わかったわよ。とりあえずコーヒーを頂戴。ところで、あのデルタの隊長さん、結構良い男だったわよ？」

「その件ですが、どうも腑に落ちません。彼ら、デルタとは言え、元デルタ隊員ですよね。今は民間軍事会社の社員。それが、どうしてこんな所にいるんでしょう。しかも彼らの装備、まるで米軍からバトルプルーフのテストを依頼されたみたいな最新装備ばかりです。そんなものをどうやって島に持ち込んだのか、謎めいています。戦力としては凄まじいので、協力はしますが」

「ちょっと、バーで飲みながら、あれこれ身の上話を聞きたくなる男だったわよ」

　モニターの中で、待田が手を振り、音声を入れるよう合図していた。

「こちらガル。ヤキマから、新たな目標の出現を報せてきました。それがちと変なのですが……」

「要領を得ないわね？」

「はい。旅客機の模様です。放送型自動従属監視、いわゆるＡＤＳ‐Ｂが入っています。これは従来のトランスポンダと違い、応答波ではなく、常に自機の位置を発信しているタイプの位置通報システムですが。イリジウム衛星が捉えた信号が、突然ネットワークに現れました。今、シェミアから上がったばかりのＦ‐２戦闘機が迎撃に向かっています」

「その情報のどこが不思議なの？　民航機なら、シアトルかＬＡに向かっている機体ではないの？」

　横から恵理子がインカムのスイッチを入れた。

「それがね、おばさま！　あ、ご免なさい、司令官殿」

「いいわよ！　恵理子ちゃん。貴方だけはおばさん呼ばわりで許すから」

「この機体、突然現れたというのと、航路が滅茶苦茶なんです。西太平洋からの支援機は、ロシアからの攻撃を恐れて、アリユーシャン沿いと言っても、だいぶ列島の南側を飛んでいます。ところがこの二機は、ベーリング海の内側、つまりアリユーシャン列島の遥か北側から東へと飛んでいるんです。出発地点は、雲南空港と、イルクーツク空港となっていますが、そんな場所からの支援機のフライトプログラムはどこにも出されていません。これは、民航機じゃないと思います。民航機に偽装した何か、です」

「あらら……、ロシア、意外と本気だったのかしらん。わかったわ恵理子ちゃん。続報があったら教えて。いったん切るわよ」

「ここの滑走路、降りられる状態なの？」司馬は原田に聞いた。

「無理です。滑走路上にこそ砲撃痕はありませんが、エプロンはあちこち穴が開いてますし、銃弾が路面を抉り、また銃弾も無数に転がっています。C-2が離陸に使った未使用滑走路含めて二本ですが、かなりの強行着陸になるでしょう。間違い無くタイヤはバーストします」

「離陸する意志はないんでしょうね……」

「ベイカー中佐を起こしますか？」

「もう少し寝かせておきなさい。この民航機の航路マップを見ると、あと一時間ないかしれないわ……。でもどうして？　少し変よね。わざわざこんなコースを取らなくとも、ペトロパブロフスクからいったん南へ飛んで、民航路に紛れ込めば、たぶん私たちは不思議には思わない。この混乱した状況下では、誰も民航機のことなんて気にしないから、途中で紛れ込んでも気が付かないでしょう。そうすれば、アダック島のすぐ南まで怪しまれずに接近できる。われわれが気付いた時には、何もかも手遅れよ。何しろここには戦闘機が配備されているわけじゃないから」

「わざと遠回りしたのかも知れない」

と甘利が言った。

「どこか平坦な場所に不時着する前提で、安全に不時着するために、事前に燃料を燃やし尽くそうとしたか、あるいは、視界を得るために、夜明け時を待ってわざと大回りしたのか？　われわれは、歩兵携帯の対空ミサイルも持っている。戦闘機がいなくとも撃墜はできます。送り込む側からすれば、撃墜されるか否かは、単に政治的な決定であって、技術的な問題ではない。なら、一千キロ手前で正体がばれても、障害にはなりません」

「理路整然とした解説よね。で、撃墜するのかしらん？」

「決めるのはヤキマなり、市ヶ谷でしょうが、ここは司令官殿の判断通りで、撃墜は無理でしょう。仮に、窓からロシア軍の戦闘服が見えたとしても、もしそれが民航機なら、やはり撃てない」

「では、判断を待ちましょう。この距離で発見できたのだから、戦闘機が間に合うはずです。タオ、三〇分したら上のベイカー中佐殿を起こして頂戴。二機で最大六〇〇名？　まあ、数では押せるだろうけれど」

「武器を取れる海軍兵の数を足しても、味方はせいぜい一〇〇名を超える程度です。相手を八〇〇と見積もると、かなり絶望的な戦いになります。誘導爆弾の助けでも借りないと。向こうはまたキンジャールとかを撃ってくるだろうし」

「では、原田さん。一番近い増援部隊は？」

「エルメンドルフで待機する水機団一個連隊。ここまで丁度二〇〇〇キロ。C‐2もひっきりなしに降りてますから、三時間で呼べます。千歳からだと、カムチャッカ半島を掠めても三〇〇〇キロを超えます」

「でも、C-2にしても、着陸は出来ないわよね。空挺バッジを持つ隊員は限られるし。そもそも落下傘の類いは持参していない」

「では、習志野から空挺を呼びますか？　真っ直ぐ飛べば四〇〇〇キロです。敵は、前進の準備と状況把握に時間が掛かるでしょう。今、派遣命令を出せば、どんなに遅くなっても、お昼前には第1空挺団が、ここに降下してくる。たぶん三、四時間持ち堪えるだけで増援が来ます」

「たかだか、こんな小島を守るために、空挺を投入するの？　そりゃまあ戦略的価値があるから、ロシアは攻めてくるのでしょうけれど。呼ぶのであれば、私は迫撃砲小隊だけで良いわ。その程度の戦力なら素早く出せるだろうし、効果的でもある。空自は、いくら数で負けるからと、ロシア軍の頭上に誘導爆弾なんて落としたがらないでしょうから。やってくれるにしても、一〇人かそこいらが戦死してからよ」

「では、ひとまず、迫撃砲小隊の派遣準備を要請します。正式要請は、それが軍事作戦用途の民航機だとわかり、実際に降りてからということで」

「お願い。それで行きましょう」

それより、島民含めての全員脱出だよな……、と司馬は思っていた。海軍兵、逃げそびれた観光客合わせても、ほんの三〇〇人だ。C-2一機に詰め込めないことはない。あるいは、コーストガードの巡視船一隻でもいてくれれば……。

それとも、夜は冷えるが、それなりの身支度を調えさせて、町を放棄して島の南側に脱出するという手もある。

滑走路を敵に明け渡すことになるが、肝心のアメリカ軍に、ここを守りきるという姿勢が露ほども見えない現状では、それもありだろうと思った。

ヤキマの北米邦人救難指揮所では、燃料が怪しくなった味方のF‐2戦闘機二機編隊が、シェミア基地へと後退してゆく様子をレーダー画面上で見守っていた。

空はまだ暗く、それが旅客機だということはわかったが、そのタイプまではわからなかった。ボーイングかエアバスか、あるいはロシア製なのか。

宮瀬機が一機で迎撃する頃には、僅かに上空も明るさを取り戻していた。

宮瀬は、機首直下のカヌー型ハウジングに収納されたAN/AAQ‐33電子光学照準装置（EOTS）のイメージセンサーが撮影したターゲット二機の可視光映像を衛星にアップロードしつつ、機種を判別した。

ロシア機は、エアバス社製のA330旅客機、中国は、ボーイングの777型機だ。どちらもワイドボディ機で、大陸横断に使う、大型な部類だった。三〇〇〇メートルほどの距離を取って飛ぶ両機とも、ロシア、中国のLCC格安航空会社のロゴが入っている。

中国機とわかった時には、指揮所に少しどよめきが走った。ということは、一機には解放軍兵士が乗っているのかと……。

宮瀬は、この機体の撃墜命令が出たらどうしようかと考えた。窓のシェードは全部降りている。キャビンの様子はわからない。機体は翼端灯を点してはいたが、機内に灯りは一切見えなかった。

民間人が乗っているとは思えない。自分が持つミサイルは二発。ただの民航機だから必中だ。二機で六〇〇人もの兵士を自分が殺すことになる。たぶん、たった一人の人間が引いた引き金で出す戦死者の数としては、記録的なものになる。ギネスブックに載るかも知れない……。

特に躊躇いはなかった。今、自分の心に迷いは無い。だがそう言えるのも、撃墜命令なんて出ないとわかっているからだ。

三村一佐は、国際周波数で五分呼びかけた後、パイロットが航路逸脱に気付いていない状況を想定し、コクピット前に出て示威行動、乱気流を起こして注意喚起せよ、と命じてきた。

それぞれの機体に対して一〇分ほどやったが、反応は無かった。一度は、コクピットの中を覗こうと、ぎりぎりまで幅寄せしてみせたが、もちろんコクピットの中にも灯りは無い。だが、昇ってくる朝陽が一瞬、ロシア機のコクピットの中を照らした瞬間があった。

軍服ではなく、エアラインの白いシャツが見えた。表情までは読めなかったが、軍のこんな無謀な作戦に駆り出されたとしたらお気の毒な話だ。専制国家では、こういうことにも民間人だからと拒否する権利はない。

全ての呼びかけが無駄に終わり、二機の旅客機はアダック島目指して降下を開始した。情報では、霧はまだ出ているが、どこかに強行着陸する程度には問題ないだろうとのことだった。

自機の燃料が心細くなり、宮瀬機は最後まで見届けることなく現場上空を離れた。後続編隊が、二機の不時着場所を確認することになるだろう。

兵隊が降り立った所で誘導爆弾を投下するのがわりと人道的なやり方だろうが、たぶんそれも無いだろうと思った。兵士らが地上に展開してからのことは、正直、航空自衛隊の問題ではなかった。

ベラ・ウエスト中尉とメイソン・バーデン中佐が乗るナイト・ストーカーズの特殊戦ヘリ・MH-60M〝ブラックホーク〟ヘリコプターは、アダック北西部の飛行艇用滑走路脇に降りて夜明けを待った。この辺りに敵がいる気配は無かったが、念のため、ネイビー・シールズのコマンド二人が前方に展開して警戒した。

南の方では霧が出ていたが、今、ここに霧は無かった。アダックはそういう所だ。ここから飛行場まで一〇マイルもないが、発砲音も聞こえなければ、曳光弾が空を走ることもなかった。

地上に待機している間、グッドニュースが一つだけあった。ハマーヘッド・ピークで、敵のロシア兵一人の遺体が発見された。装備からして、スナイパーではなく、スポッター役だろうとのことだった。

コクピットで待機していると、ネイビー・シールズのイーライ・ハント中尉が、衛星無線で呼びかけて来た。

「こちらヒッカム・ワン。ターゲットを発見した。加勢してくれ」

「ヒッカム・ワン、気を遣ってくれなくとも良いのよ。貴方の獲物よ」

「いや、この狙撃手は侮れない。敵の注意を引いてくれる何かが必要だ」

ハント中尉が、撃墜で機長を失ったベラらナイト・ストーカーズのクルーを気遣っていることは明らかだった。彼らだけでも対処は可能だろうと思ったが、幸い今、地上は静かだ。別に仕事もない。もし、この機体で狙撃兵をミンチに出来るとしたら、それでも良い。

「行くぞ！　中尉。ニコラスの仇を取りに行く」

と副操縦士席に座る部隊長のバーデン中佐が告げた。エンジンを始動し、ネイビー・シールズのコマンドに向けて、戻れ！　とハンドシグナルで合図する。

「どう飛ぶ？」

「モフェット山沖を北西に回り込み、西側からアプローチします」

「それで良い――」

離陸し洋上へと抜ける。やや高度を取りながらシステム・チェックすると、前方赤外線監視装置が、上空に奇妙なものを捕捉した。

大型の航空機が向かってくる。速度は遅い。その周囲を、まるでエスコートするように飛んでいるのは、味方のステルス戦闘機だ。

「何だ？　あれは……」

映像を拡大してみたが、軍用機では無さそうだということまでしか確認できない。双発エンジンの民航機だ。それが前後二機、戦闘機に見守られて降りて来る。

「何か聞いていたか？」

「いえ。この時期、乗客を乗せた民航機が飛び回っているはずもないですから、支援物資を搭載した旅客機でしょうか？」

「滑走路は、降りられるような状況じゃないだろう。緊急着陸するにしても無茶だ。すぐ外にロシア兵が潜んでいるのに。ま、それは海軍さんと自衛隊の問題だ。われわれはターゲットに集中するぞ」

だが、状況は刻一刻と変わっていた。島の中央部付近は、また分厚い霧に覆われつつあった。

上空は晴れているが、地上は霧に覆われている。

「どうする？　突っ込めないことはないが……」

「中佐は、ＤＶＥＰＳ・劣化視覚環境操縦システムを使って飛んだことはありますか？」

「冗談だろう！　メーカーさんのエンジニアが、満面の笑顔で、これで視程ゼロの吹雪の山岳地帯でも飛べます！　と言ってきた時は、パイロット・クルーを全員殺す気か？　と思ったよ。そもそもシェミアはフラットな地形で、テストする環境にも無かった。近くの無人島でデータを取って試してみたことはあるけどな」

「この機体、私たちがここで取った地形データも入ってますよね？」

「もちろんだ。君らは取得したデータに自信があるか？」

「夏と冬では微妙に地形が変化しますが、問題はありません」

「機長は君だ。任せる！」

「ＤＥＶＰＳを使い、霧中飛行します！」

ＤＥＶＰＳは、ナイト・ストーカーズのこの最新機体の最も特徴的なシステムだった。事前に集積された詳細な地形データを元に、ＬｉＤＡＲ装置と連動させることで、どんなに過酷な状況下でも、ナップ・オブ・ジ・アース、地形追随飛行を可能とするシステムだった。

もともとは、霧ではなく、中東の砂漠地帯での砂塵や欧州での雪嵐等の過酷な気象条件下での安全なフライトをサポートするシステムだった。

ハント中尉が無線で呼びかけてきた。

「まさか、ＤＥＶＰＳとか使ってないよな？　霧の上にいると言ってくれ！」

「そのまさかよ。気が散るから、敵の座標だけ教えて頂戴。ぎりぎり追い込んで、恐怖を味合わせてやるわ！」

外は、まるで牛乳をぶちまけたみたいに真っ白だ。コクピットにまで霧が押し寄せてくるような感じだった。

メイン・ディスプレイに、味方の位置と、敵が潜んでいるらしいエリアが表示される。

ウエスト中尉は、地面効果内で飛びながら、敵の狙撃兵にプレッシャーを与え、銃撃できる位置に着けるよう旋回し始めた。

マクシム・バザロフ伍長は、何かの幻を見ているような感じだった。自分が撃墜したブラックホーク・ヘリの亡霊が現れたに違いないと思った。こんな霧の中で、ぐるぐるとヘリが飛び回れるはずもなかったからだ。間違い無く自分の位置を知っている。自分が見えている。自分を中心に敵は旋回していると確信した。

チェイタックM300を持ち、そのローター音がする方向へ撃った。何発も何発も！

だが、亡霊は一向に消える気配もなかった。

ハント中尉は、霧の中で光るマズル・フラッシュを見た。闇雲に撃っている感じだった。ヘリに警告すると、やがてM134電動ガトリング・ガンが火を噴いた。

ハント中尉はびっくりした。曳光弾の光が見えるが、驚くほど低く、敵に対して近い場所から撃っている。恐らく一〇〇ヤード前後まで接近して、ターゲットを軸に旋回を繰り返してプレッシャーを与えたはずだった。

無茶をする！……。だが、二斉射で敵の銃撃は止んだ。

バザロフ伍長は、最後には全身に三発の銃弾を浴び、構えていたチェイタックを地面に落とした。

ああレナート……、ウクライナで始まった俺たちの戦争は、ようやくここで終わる。西から東まで、忙しい戦いだったな。

バザロフ伍長は、大量に吐き出した自分の血を飲み込み、弱々しく一、二度咳き込むと、静かに息絶えた。

その瞬間、霧がサーと退いていった。地上が見えると、ギリースーツを着た兵士が、銃の傍らに倒れているのが見えた。

「フィリップス少佐、これで貴方のご遺族に、仇は討ったと報告できます……」

とベラは念じた。ハント中尉を呼び出し、「乗って帰る？」と尋ねたが、まず敵の装備を確認回収して、歩いて帰るとのことだった。町まではせいぜい四マイルもない距離だった。

「さあ、補給地点に帰ろう！」

「さっきの旅客機、どうなったんでしょうね？　この霧でわからないけれど……」

高度を上げてみて驚いた。赤外線カメラが、東側から突っ込んで来る旅客機を捉えていた。今まさに、沖合から滑走路に着陸しようとしていた。

「まさか、北米周遊七日間の観光客を乗せているわけじゃなさそうだが？」

「いずれにしても、撃墜は無理でしたよね……」

ウエスト中尉は、そのままホバリングし、民航機が着陸する様子を見守った。

だが、間違い無く初見で着陸するだろうその機体は、着陸ポイントを見誤っていた。滑走路端を過ぎた時点でも相当に高度があった。

やり直すかと思ったが、そうはしなかった。そのまま強引に高度を落とす。腕は悪くなさそうだが……、と思ってベラは気付いた。わざとだ。この機体はわざと滑走路中央を過ぎて降りようとしている。

それは、どの道、滑走路上で立ち往生することになるだろう機体を、滑走路の外に押し出すためだった。

案の定、民航機は、滑走路エンドを走り過ぎ、土埃を上げつつ路外を走った。走ったというより滑っていた。滑走路エンドから五〇〇ヤードはあるヒルサイド通りまで来てようやく止まった。ここは上り斜面になっている。大型機の質量と勢いでも、止まるしか無かった。

停止した機体から一斉にハッチが開き、脱出用スライドが展開して、武装した兵士達が飛び降りてくる。

「どうします？」

「あそこまで飛んだら、間違い無く携帯ミサイルが飛んでくる。いったん退避しよう」

ウエスト中尉は、距離を取って南側へと迂回して飛んだ。今日の天気はどうだろう。この数の増援で、昨日のような霧だと、こちら側が不利になるだろうと思った。

エピローグ

第83親衛独立空中襲撃旅団旅団長のヨシーフ・ロマノフ空挺軍少将は、兵士が全員降りた後に、静かになったA330の前方キャビンから外を見下ろした。解放軍機は飛行場に突っ込んだはずだが、ロシア空挺軍部隊を運ぶエアバス機は、北東端の飛行艇滑走路跡に降りた。

滑走路跡と言っても、衛星写真では、そこにかつて滑走路があったようだとうっすらとわかる程度の路面しか残っていない。

機体は、首脚も主脚も全部折れ、エンジンを二発とも後方に吹き飛ばし、羽も半分折れたが、ぎりぎり出火はしなかった。着陸と同時に、エンジン消火措置が取られたせいだった。

コクピットから出て来た機長のスピリドン・プーシキン元海軍少佐が、やれやれ、という顔でロマノフ少将を見遣った。白髪が増えたような感じだった。

「お見事だった機長!」

とロマノフは満面の笑顔で機長に握手を求めた。

「自分らは、このキャビンで寝泊まりして良いですかな? せっかく機体も持ったようだし」

「まあ、外の景色を楽しみたまえ。由緒あるロマノフ家の人間で、こんな東端まで来たのは私だけだぞ。この後、アラスカ本島まで辿り着ければ良いが」

ロマノフ将軍は、この瞬間のために持ってきたウォッカのスキットルをポケットから出すと、グイと飲んだ。そして、機長にもスキットルを勧めた。プーシキンは旧東欧圏でずっとこの機体を飛ばしていた。ロシア人で彼以上にこの機体を上手く扱えるパイロットはいなかった。

「遠慮は要らん。飲み干して良いぞ。どうせこの後、酒なんぞ飲んでいる暇はなくなる」

脱出用シューターの上に立ち、機長は外の景色を見遣った。静寂な海が広がっていた。海面は穏やかで、朝陽に波が煌めいている。

「良い景色ですな。貴方は、戦争。私はこれからクルーとともにサバイバルだ」

「ああ。だが、屋根があるとは言え、機体に留まるのはどうかと思うぞ。激怒したアメリカ軍が、ミサイルをぶち込んで来ないとも限らないからな」

機長は、「遠慮無く」と断って、そのスキットルを飲んだ。

「貴方が飲んだくれて、指揮を誤ると困るので、このウォッカは自分が処分させて戴きます」

「構わん。副操縦士にも飲ませてやれ。ほんの礼だ。きっと胴体がポキッと折れて、それなりの数の兵を失うと思った。彼ら、ちゃんとした滑走路に降りると聞かされていたのだがな。こんな頑丈な機体を作ってくれてエアバス社にも感謝だ！」

ロマノフは、シューターを滑り降りると、アダック島の地に両足で立った。

一人のロシア人にとっては、小さな一歩だが、ロシア帝国にとっては、大きな一歩だ！　奪われたアラスカを取り戻すために……。

アチャファラヤ盆地橋、別名・ルイジアナ空挺記念橋では、〝グリーン24〟プラトーン小隊の出発準備が進んでいた。橋の上に、州軍のトラックが止まり、パトロールするハンビィ車両が全長三〇キロもある長い橋を往復してパトロールが始まっていた。

彼らが出発する直前、護衛車両に守られた支援部隊が通過した。三〇台もの大型トラックやコンテナ車が、州都バトンルージュへと向かって走っていた。

西山は、小隊のメンバーから借りたダクトテープで、二重三重に銃痕を塞いだ。外側からも内側からも。燃料はちょっと怪しいが、ひとまずニューオリンズ辺りまではなんとかなるだろうと思った。

上空は、携帯電波を中継するドローンが飛んでいるようだった。ずっと携帯の電波は入っている。店からは、朝一で、今朝も無事に避難民への食事が提供できたという報告が上がっていた。

西山は、「大和魂で頑張れ！」というメールを一行だけ書いて返信した。

そして、驚いたことに、田代からもメールが届いていた。ほんの一〇分前、発信されたメールだった。

「おいおい！　あいつ、ここにいるぞ！　バトンルージュにいる。あいつ、千キロ以上も走ってきたのか！」

「何言ってんのよ！　あたしたちだって、スウィートウォーターから一千キロは走ったわよ。互いの中間地点は、まあニューオリンズ辺りだろうとは思うけど」

居場所も書いてあった。ガス欠で身動き取れなくなった。このメールが届くことを祈っている。だが無理はしないで下さいと。

そうか、このドローンは、とうとうバトンルージュまでカバーしているんだ！

西山は、まず電話を掛けてみた。二回、三回、これが繋がらなければ、ひとまずメールで返信しようと掛けた四回目、相手が出た。

「田代！　田代！　俺だよ！　オレオレ。今近くにいる。空挺橋とかいう所だ。バトンルージュのすぐそばだぞ！　いつ切れるかわからないから言っておく。そこを動くな！　すぐ辿り着く。だからそこを動くなよ！　スマホのバッテリーがあるなら、たまに連絡を取り合うが、次はいつ繋がるかわからないと思え。以上だ――」

相手の返事は聞けなかった。ドローンが移動して電波状況が悪化したらしく、肝心の田代の声は全く聞けずに電話は切れた。こっちの声が聞こえただろうか。

西山は、ひとまず、「そこを動くな！　すぐ近くにいる！」と書いたメールを発信した。

前夜の苦労に見合う奇跡だ！――。

神様はまだ俺ら日本人を見捨てちゃいなかったんだ！　仲間を連れて帰れる！　今はもうただの瓦礫の山だが、これで、仲間と共に我が家に戻れる、と思った。

〈七巻へ続く〉

ご感想・ご意見は
下記中央公論新社住所、または
e-mail：cnovels@chuko.co.jpまで
お送りください。

C★NOVELS

アメリカ陥落6
――戦場の霧

2024年5月25日　初版発行

著　者　大石英司

発行者　安部順一

発行所　中央公論新社
〒100-8152　東京都千代田区大手町1-7-1
電話　販売 03-5299-1730　編集 03-5299-1930
URL https://www.chuko.co.jp/

DTP　平面惑星

印　刷　三晃印刷（本文）
大熊整美堂（カバー・表紙）

製　本　小泉製本

Published by CHUOKORON-SHINSHA, INC.
Printed in Japan　ISBN978-4-12-501479-1 C0293